W0171421

Der Glückspilz

und andere
Überlebensgeschichten

Ilse Gräfin von Bredow

Der Glückspilz

und andere
Überlebensgeschichten

Scherz

Erste Auflage 2002
Copyright © 2002 Scherz Verlag, Bern, München, Wien.
Lektorat: Hiltgunt Grabler
Alle Rechte der Verbreitung, auch durch Funk,
Fernsehen, fotomechanische Wiedergabe,
Tonträger jeder Art und auszugsweisen
Nachdruck, sowie der Übersetzung sind vorbehalten.

www.scherzverlag.de

Inhalt

Das Zauberwort

Der Herbst ist auch nicht mehr das, was er einmal war. Kein weiter Himmel mit von der Sonne angestrahlten, majestätisch dahinsegelnden Wolkengebilden und leuchtendem Laub, stattdessen Regen, Regen, Regen, der den Keller wie seit hundert Jahren unter Wasser setzt, die Praxis des Dorfarztes füllt und die Kühe auf den Koppeln traurig vor sich hinglotzen lässt, darunter auch neuerdings ein zwei Tage altes Kälbchen eines Öko-Bauern, bei dem die Kühe auf der Koppel kalben. Dem Großvater, auf seinem Spaziergang durch die Marsch, tut das Kälbchen Leid, das da platt wie ein nasser, schwarzweiß gemusterter Kopfkissenbezug im Gras liegt. Doch das Wundern über solch neumodischen Kram hat er sich längst abgewöhnt. Man soll ja jetzt sogar schon Babys ins Wasser werfen, wo sie angeblich gleich munter davonschwimmen.

So gehen die Tage dahin mit Gelassenheit, aber ein wenig langweilig. Die Jahresreise haben die Großeltern hinter sich, und mit jedem Jahr liegt das anvisierte Ziel näher. Lange Flüge traut man sich nicht mehr zu. Die neuen Bundesländer tun es auch, da gibt es viel zu entdecken und sich zu erinnern. Nur regnen tut es dort ebenso häufig.

Im Haupthaus verläuft ein Tag so ziemlich wie der andere. Auch das Gespräch am Frühstückstisch: «Haben wir Post?» – «Was planst du für den Vormittag?» – «Was gibt es zu essen?» Zum Ärger der Großmutter, die noch mit Passion Briefe schreibt, lässt man sich mit den Antworten viel Zeit und reagiert, wenn überhaupt, erst Monate später auf Geburtstags- und Weihnachtsgeschenke. Das Zauberwort, mit dem sie aufgewachsen ist, scheint verloren gegangen zu sein.

Sie muss unbedingt zum Friseur, der Großvater zur Bank. Ja, er wird auch den Fisch besorgen, den es heute Mittag geben soll. Außerdem muss er mit dem Hund zum Tierarzt, dem kleinen Liebling gehen die Haare aus. Der Hund sorgt für den lebensnotwendigen Ärger. Er kneift gern aus, gehorcht so gut wie überhaupt nicht oder nur, wenn ihm danach ist, und bekurt die wieder einmal läufige Dackeldame der Enkelkinder, die mit ihren Eltern in der umgebauten Scheune wohnen. Niemals wird der Großvater zugeben, dass dieses Tier keinen Appell hat. Aber seine Jagdprüfung hat er mit Bravour bestanden. Kein Wasser ist ihm zu tief und kein Keiler zu grimmig, wenn es ihn denn gäbe. Dass der Hund vor dem Staubsauger, dem Rasierapparat und einem aufgespannten Regenschirm in Panik gerät, steht auf einem ganz anderen Blatt.

Wenn man dann von seinen vielen Aktivitäten recht erschöpft – Staus, Schlangen an der Kasse, Warten beim Friseur, beim Tierarzt, und auch der Bankberater ließ sich Zeit – zurückgekehrt ist, begutachtet man den gekauften Fisch mit der «Seele des Hauses». Sie gehört seit vierzig Jahren dazu und hat ihre Rechte. Eins davon ist, sich nicht reinreden zu lassen, wenn sie kocht. Ihre besondere Spezialität ist Rehrücken, der, wie die Gäste betonen, in seiner Köstlichkeit in keinem Fünf-Sterne-Hotel zu haben ist. Auch nicht der Fisch, gekocht oder gebraten. Diesen hier befindet sie nach eingehender Musterung für gut, und der Großvater ist erleichtert. Sie hat die Großeltern und den von ihr gefütterten Hund fest im Griff. Im Haus kennt sie sich aus, als wäre sie dort geboren. Was immer verloren scheint, sie findet es, und, wie es sich für Verlorenes gehört, an den unmöglichsten Stellen: den Autoschlüssel in der Bettritze, das Armband in der Küchenschürze, die Brieftasche im Papierkorb. Verstimmungen gibt es über die verschiedenen Auffassungen von Pünktlichkeit. Jedes Mal, wenn das Essen auf dem Tisch steht, ist der Hausherr verschwunden. Kaum ist er am Platze, zieht es die Hausfrau zum Telefon. Doch heute folgt man dem Ruf der Seele des Hauses auf der Stelle. Der Fisch schmeckt vorzüglich, nur die Kartoffeln sind wie immer knapp. Niemand weiß den Grund, sie bleiben knapp und damit basta. Trotz der Pünktlichkeit herrscht dicke Luft in der Küche. Der Hausherr hat wieder Falläpfel herangeschleppt, aus eigener Ernte, ungespritzt, wenn auch recht klein. Er rühmt sich sehr, dass er sie aufgehoben hat. Aber die Verwertung ist nicht Männersache.

Zusammen ergeben alle drei weit über zweihundert Jahre, und so ist es mit dem Gehör nicht mehr zum Besten bestellt und die Unterhaltung laut. Die Seele des Hauses findet, es gibt hier viel zu tadeln. Nie ist der Kühlschrank richtig zu, und es tropft, die Ordnung in der Gefriertruhe ist für die Katz, weil der Großvater ungeduldig darin herumwühlt, und die Großmutter, mit der sie noch zusammen zur Schule gegangen ist, hat im Alter den Wäschetick. Schon wieder läuft die Waschmaschine, und wo bitteschön soll sie bei dem Wetter mit der Wäsche bleiben? Mehr als arbeiten kann sie nicht, und sie hat auch nur zwei Hände.

Am nächsten Tag gibt es deshalb Resteverwertung. Der Großvater sinnt, über den Teller mit Nudeln gebeugt.

«Nun, er wird schon wieder steigen», sagt die Großmutter beruhigend, «der Euro.»

«Wie kommst du auf den Euro?» Der Großvater ist verdutzt. «Ich überlege gerade, was wir zum Abendbrot essen könnten.»

Zum Tee erscheint die geliebte Enkeltochter, um von ihrer Party zu berichten. Sie wird am Sonnabend stattfinden, und nun dieses Wetter! Es ist zum Mäusemelken. Sie kuckt ganz unglücklich und wird von den Großeltern getröstet. Aber man hat einen Gesprächsstoff, selbstverständlich interessiert die

Party auch die Großeltern sehr. Allein die Planung Wochen davor! Es gab so viel zu bedenken, das Essen, die Getränke, ein Diskjockey sollte es möglichst sein, das bringt Schwung in die Sache. Zu Zeiten der Großeltern gab es so was nicht. Schon Grammophonnadeln waren im Krieg äußerst knapp und die Schallplatten oft reichlich zerkratzt. Man tanzte nach Schmachtendem, nach Tango, Polka, Walzer und, wenn irgend möglich, dem verbotenen Lambethwalk.

Einladungskarten sind entworfen worden, die Meinungen über guten Geschmack waren nur schwer unter einen Hut zu kriegen. Nach langem Hin und Her entschied man sich für leicht bekleidete Loriot-Figuren, denen man die Köpfe der Gastgeber, der beiden Enkelkinder, verpasste. Die Liste der Einzuladenden wurde lang und länger. Bei achtzig legte die Mutter ein Veto ein. Man einigte sich schließlich auf fünfundachtzig. Nachdem die Einladungen losgeschickt waren, hatte man das Ganze erst mal ad acta gelegt. Es war ja noch so viel Zeit, fast acht Wochen. Die Gäste sagten zu, sagten ab, die Absager sagten wieder zu, Wochen ging es hin und her. Doch die Gastgeber, die Enkelkinder, hatten die Ruhe weg. So was gehört eben dazu. Man muss flexibel sein. Die Erste, die nervös wurde, war die Mutter – «Es ist eure Party, ich sage ja nichts. Aber ich würde an eurer Stelle nun mal langsam mit den Vorbereitungen anfangen.»

Der Enkelsohn hatte in großer Ruhe seinen Koffer für das Internat gepackt. Immer diese Hektik! Er wusste die Vorbereitungen in den Händen seiner Schwester gut aufgehoben.

Aber nun bricht die Hektik wirklich aus. Keine Zeit mehr für Big Brother und ähnlichen Unfug. Und auch Großvaters Spruch «Immer mit der Ruhe und dann mit'm Ruck» ist jetzt nicht mehr angebracht. Dafür bewundern die Großeltern reichlich den neuen Rock der Enkeltochter, denn darin sind sie sich völlig einig: Mit ihren Enkeltöchtern können andere Mädchen nicht konkurrieren. Trotzdem sind sie ein wenig besorgt über die Zeitknappheit und die noch anstehende Arbeit. Aber das Kind zeigt keinerlei Nervosität. «Keine Bange, das schaffen wir schon. Nur Mami ist mal wieder echt nervig und macht Stress.»

«Das soll sie wohl», sagt die Großmutter, rührt in der Kaffeetasse und sieht versonnen nach draußen, wo es geradezu schüttet.

Die Haustür klappt, die Schwiegertochter kommt hereingehetzt. «Habt ihr noch 'ne Tasse Tee?» Und zu ihrer Tochter gewandt: «Dass du hier noch so ruhig sitzen kannst, ist mir ein Rätsel. Aber ich sag ja nichts, es ist eure Party. Ihr müsst selber sehen.»

«Tun wir auch», sagt das Kind und verschwindet.

Die Schwiegertochter rollt mit den Augen. «Ich sage euch, es wird ein Fiasko geben.» Und dann zählt sie auf, was noch alles zu tun ist: Die Scheune muss ausgeräumt, die Pferde müssen ausquartiert und der Pferdestall muss einigermaßen hergerichtet werden, damit man dort essen kann. «Und das», sagt sie, «ist nur ein Bruchteil von dem, was uns noch erwartet.» Sie verabschiedet sich wie ein ins Feld ziehender Krieger.

Der Großvater ist voller Mitleid, so dass die Großmutter einen günstigen Moment sieht, ihm etwas beizubringen, von dem er, wie sie weiß, nicht begeistert sein wird: «Die Mädchen werden im Haupthaus schlafen.»

Prompt verschluckt sich der Großvater an dem Stück Apfelkuchen, dessen Boden mal wieder viel zu dick ist. Der junge Bäcker kriegt das einfach nicht hin. «Vierzig Mädchen? Wo willst du die denn alle unterbringen?»

«Ganz einfach», sagt die Großmutter, von zarter Statur, aber mit eisernem Willen. «Wir räumen die Zimmer aus.»

Die vor zwei Tagen angereiste Freundin der Großeltern, kinderlos, aber bis zum Hals mit Weisheiten über Kindererziehung gespickt, mischt sich ein. «Mit dem Hausschlüssel, da müsst ihr euch aber etwas einfallen lassen.»

Während die Großeltern ins Grübeln kommen, wie man das regeln könnte, wenn vierzig Mädchen ständig hin- und herwandern, erinnert sich die Freundin, wie das hier mal vor fünfzig Jahren ausgesehen hat, als es von Flüchtlingen wimmelte. Jedes der Zimmer beherbergte eine Familie, und in den Fluren stapelten sich Kisten und Koffer, denn es hatte sich schnell unter den Vertriebenen herumgesprochen, dass hier noch die Devise galt: Des Hauses Ehr ist Gastlichkeit. Zunächst kam das Haus bei diesem Ansturm fast aus dem Tritt, und auf das Zauberwort konnten die Gastgeber lange warten: Sicherungen brannten ständig durch und wurden, da es keine neuen gab, fachmännisch mit Draht geflickt, was die Gefahr eines Brandes in bedenkliche Nähe rückte. Tischchen aus der Rokokozeit zierten jetzt nicht mehr Nippes, sondern kaum zu entfernende Ringe – «Irgendwo muss man ja schließlich seinen Kochtopf absetzen!» –, Kachelöfen, voll gestopft mit grünem Holz, produzierten nur noch Rauch und wenig Wärme, und das einzige Klo fror im Winter prompt ein, Nachttöpfe jedoch waren Mangelware und die noch vorhandenen zweckentfremdet. Man benutzte sie für eingelegte Gurken, die ja auch sehr wichtig waren. Glücklicherweise gab es ja noch den Garten und den Park, mit denen zumindest die Herren vorlieb nehmen mussten. Mancher Historiker sollte vielleicht einmal darüber nachdenken, wie viele schwerwiegende Fehlentscheidungen wegen dieses Mangels getroffen wurden, und mit der alten Generation mehr Nachsicht zeigen. Heute ist es im ganzen Haus mollig warm, und Badezimmer gibt es auch ausreichend. Dafür hat der Großvater als Erstes gesorgt, als man endlich Schritt für Schritt so langsam wieder Boden unter die Füße bekam. Er kann ein Lied davon singen, wie es einem Flüchtling so geht und was man strampeln muss, um bei den Nachbarn etwas zu gelten. Denn nichts ist schöner, als auf andere runterzukucken.

Dass ihre Gäste im Haupthaus schlafen dürfen, findet die Enkeltochter tierisch nett. Sie kennt das Zauberwort und kommt mit einem Blumenstrauß. Opi und Omi sind fast so süß wie der alte Hund, der im vorigen Jahr gestorben ist, nur Gott sei Dank nicht ganz so hinfällig. Jeden Tag ist sie rübergekommen, um ihn zu knuddeln, so dass es nur so aus seinem stark gelichteten Fell staubte und seine mageren Rippen bei seinem erfreuten Hecheln in Bewegung kamen. Sehen konnte er fast nichts mehr, jedenfalls stieß er dauernd überall an. Sein Geruchssinn war stumpf geworden und schon die winzige Treppe zum Haus eine Last. Auch mit dem Gehör war es schlecht bestellt, es sei denn, man sprach das Wort «Keksi» vor sich hin. Augenblicklich kehrte das Leben zurück. Die Großeltern denken oft mit Rührung daran, dass das Kind es sich nicht nehmen ließ, dabei zu sein, als man ihn im Garten an einem milden, schönen Herbsttag unter einer alten Eiche mit einer Spritze einschläferte. Manchmal kommt ihnen der Gedanke, dass er einen friedlicheren, schöneren Tod gehabt hat, als er ihnen vielleicht bevorsteht. Und das Wort «Abstellkammer» geistert durch ihren Kopf, das man so oft in der Zeitung liest: «Alte Frau tot in Abstellkammer gefunden.»

Die Freundin der Großeltern inspiziert nun ihrerseits den Ort des zukünftigen Geschehens und gibt der Schwiegertochter Recht. Es herrscht tatsächlich keineswegs reges Treiben. Nur die jüngere Schwester, die später einmal Designerin oder so was Ähnliches werden will und schon jetzt, wie der Großvater findet, eine Beauté ist, malt, die Haare in etwas Buntem versteckt, die Füße in klobigen, hochhackigen Stiefeln zum knöchellangen engen Rock, mit einem Pinsel, dessen Größe in krassem Widerspruch zu der Fläche und dem Eimer Farbe steht, mit rhythmischen Bewegungen bei lauter Musik in einer Ecke des Pferdestalls fleißig vor sich hin. Glücklicherweise gibt es auf dem Hof den Mann mit den goldenen Händen, der rechtzeitig einspringt, das Kommando übernimmt und System in das Ganze bringt. «Ach, wenn wir Sie nicht hätten!» Und schon geht es zu wie bei den Heinzelmännchen, nämlich fix. Der bereits gelieferte Tanzboden wird in den nach dem Umbau übrig gebliebenen Rest der Scheune gelegt, die Wände des Pferdestalls blitzschnell noch einmal geweißt und mit den zahllosen Turnierschleifen der beiden Mädchen geschmückt, Tische aufgestellt und Schnüre aus bunten Glühbirnen gezogen. Ein Gasofen sorgt für die nötige Wärme und die roten und gelben Plastikdecken auf den Tischen für Farbe. Selbst gebastelte Kerzenhalter werden aufgestellt. Nun betritt auch der zweite Gastgeber die Bühne. Er ist gerade aus dem Internat eingetroffen und mustert alles wohlwollend. «Nicht schlecht.»

Danach murmelt er etwas von «den Großeltern guten Tag sagen» und verschwindet für eine Ewigkeit im Haupthaus, bis ihn die Mutter zur Arbeit scheucht. «Du sitzt hier und trinkst Tee, anstatt die

Zimmer auszuräumen! – Ich sag ja nichts, es ist eure Party.»

Aber irgendwann ist alles vorbereitet, Essen und Trinken bestellt, nun können die Gäste kommen. Das tun sie auch, nur zwei Stunden später als vorgesehen und dass es jetzt statt achtzig über hundert sind, was den aus dem Ort bestellten Koch und die Hausfrau nicht gerade fröhlich stimmt. Den Vater packt geradezu Entsetzen. Er hatte sowieso vor, sich zu drücken. Das Schlafzimmer musste er auch noch räumen und die Nacht wieder im Elternhaus in seinem früheren Kinderzimmer zubringen. «Ist man denn nicht mal mehr Herr im eigenen Haus? Eine Zumutung so was. Und außerdem gibt es gerade jetzt beruflich viel Stress.» Hat doch der Vater, wie für Mittelständler heute warm empfohlen, zwei Berufe. Aber diesmal kommt er mit seinem Jammern nicht durch, da ist die Hausfrau gnadenlos. Bei so viel jungem Volk gehört eine Autorität ins Haus. Es ist einem ja schon so viel Unerfreuliches zu Ohren gekommen, von der Kuh im Swimmingpool will man erst gar nicht reden. Es geht dann eben leicht über Tische und Bänke. Ausgenommen die eigenen Kinder. Die wissen noch, was sich gehört.

Doch alle diese kleinen Querelen werden aufgewogen durch das Wetter. Die Sonne hat den ganzen Tag geschienen, hat die Pfützen ausgetrocknet und ist jetzt den Sternen gewichen, die gemeinsam mit einem beleibten Mond herunterfunkeln. Dazu ist es fast windstill und für Herbst noch sehr warm. Im

Handumdrehen ist der Hof mit Autos voll gestellt, kreuz und quer, anstatt verünftig eingeparkt, genau so, wie sich das der Großvater gedacht hat. Sein Hund wird vorsorglich eingesperrt. Er kommt in das Kabuff neben dem Schlafzimmer. Der kleine Liebling ist außer sich. Warum darf er nicht wie sonst im Flur in seinem Körbchen schlafen? Was hat er Schlimmes angestellt? Er hat es sich weder auf dem zweihundert Jahre alten, gerade neu bezogenen Lehnstuhl bequem gemacht, noch ist er in die Speisekammer geschlichen oder hat sich das Steak vom Küchentisch geholt. Vielleicht ist die geschossene Ente schuld, die er nicht aus dem Wasser holen wollte. Aber das Wasser war wirklich sehr kalt. Ergeben, ganz Opfer, lässt er alles über sich ergehen, doch als ihm der Großvater verlockend einen seiner Lieblingskekse unter die Nase hält, dreht er den Kopf weg. Nicht mit ihm, das hat er nun wirklich nicht nötig.

Die Mädchenschar begrüßt sich mit kleinen Entzückensrufen: «Hallo, du auch hier, ist ja cool!» Die Freundin der Großeltern, die sich höflich beiseite drückt, stellt fest, dass sie sich in der Kleidung kaum unterscheiden. Sie tragen fast alle dasselbe, Jeans, Pullover, um den Hals einen dicken Schal gewürgt, kleine Perlohrringe und Pferdeschwanz. Ihr fällt ein, dass es in ihrer Jugendzeit ähnlich war. Da war es eine Zeitlang schick gewesen, den V-Ausschnitt der Pullover auf dem Rücken zu tragen.

Zwitschernden Schwalben ähnlich, aber mit Blei

an den Füßen, wuchten sie die Treppe hinauf und ergießen sich in die Zimmer, die sie im Handumdrehen in ein Chaos aus Kleidungsstücken, Kosmetika, Haarbürsten und Schuhen verwandeln. Überall riecht es nach leicht verschwitzten Mädchenkörpern, Parfüms und Nagellack. Immerhin, das Resultat des Umziehens kann sich sehen lassen. Der Großvater nimmt es mit Wohlwollen zur Kenntnis, zieht sich aber bald vor so viel quirliger Jugendlichkeit ins Schlafzimmer zurück. Dann öffnet er die Tür zum Kabuff, um mit einem gnädigen «Na, komm schon» dem Hund den Eintritt in ein sonst verbotenes Reich zu gewähren. Der Hund denkt nicht daran. Er blinzelt nur ein bisschen und rührt sich nicht. «Na, denn eben nicht, du dummes Tier.» Der Großvater ist wie immer schnell beleidigt, wenn der kleine Liebling seine eigene Meinung hat und ihm jetzt nicht voller Dankbarkeit die Hände leckt. Er knallt die Tür zu.

Die Großmutter, die inzwischen auch geflüchtet ist, zuckt zusammen. «Kann man denn in diesem Haus nicht einmal eine Tür leise zumachen?» Eine oft gestellte Frage, die grundsätzlich überhört wird.

«Ich geh jetzt in den Keller und hol uns was Anständiges zu trinken», sagt der Großvater entschlossen. «Was gibt es denn im Fernsehen?»

Die Großmutter greift nach dem Programmheft. «Natürlich mal wieder nichts.»

Aber inzwischen hat sich das Haus geleert, man kann den Gang ins Wohnzimmer wagen, ohne mit

einem Dutzend fremder Menschen zusammenzu-
prallen. Dort macht man es sich dann gemütlich.
Der Wein ist wirklich gut.

«Ich sollte noch ein paar Flaschen davon bestellen», sagt der Großvater und will die Freundin des
Hauses überreden, auch ein Gläschen davon zu
trinken. «Ein kleiner Schluck, das kann doch nicht
schaden.»

Auch diese Feststellung gehört dazu wie die Maus
in der Ecke, die unbekümmert hinter der Scheuer-
leiste vor sich hin nagt. Aber die Freundin dankt.
Eine zu langweilige Person.

Zuerst plaudert man ein wenig über das Alltagsge-
schehen, dass die gestern auf dem Markt gekauften
Kartoffeln nichts taugen und was man im Lokal-
blättchen, über dessen Niveau man die Nase rümpft,
wonach aber jeder als Erstes greift, so gelesen hat.
Die Interessen sind da sehr verschieden. Der Großvater möchte wissen, wer diesmal im Dorf Bürger-
meister wird, die Großmutter entsetzt sich darüber,
wer im letzten Monat alles gestorben ist, und nun
auch noch der Besitzer der kleinen Imbissbude.
«Vor ein paar Tagen konntest du ihn noch durchs
Dorf laufen sehen, und jetzt … Und das mit knapp
sechzig!»

«Mit sechzig ächzt sich's, mit siebzig gibt sich's,
und mit achtzig macht sich's», sagt die Freundin
tröstend. «Wusstet ihr, dass es jährlich ebenso viele
Tote durch Sodbrennen gibt wie durch Verkehrs-
unfälle?»

Nein, das wussten ihre Freunde nun wirklich nicht, und es ist auch schwer zu glauben. «Sodbrennen. Ich bitte dich.»

Der Großvater zieht die Uhr. Jetzt werden sie wohl drüben längst beim Tanzen sein. Und schon ist man wieder bei den Erinnerungen, wie das so nach dem Kriege war, als man auf dem von einem Trecker gezogenen Milchwagen, um die guten Nylons fürchtend, eingeklemmt zwischen Milchkannen, dem Fest entgegentuckerte. Zum wiederholten Male blättert man in den alten Alben, die noch von früher und aus der Anfangszeit des Krieges stammen. Die Freundin stellt fest: «Mein Gott, was waren wir dick.»

«Kein Wunder, bei dem vielen Pamps.»

Die Jungen, meist in Uniform, mit einem bestimmten Knick in den Offiziersmützen, der als schick galt, blicken aus ihren noch ungeformten Gesichtern mit gesammeltem Ernst dem Betrachter entgegen. Nur wenige von ihnen sind wieder einigermaßen heil nach Haus gekommen.

«Wisst ihr was? Wir gehen jetzt rüber und sehen uns den Zauber mal an.» Sie machen sich auf den Weg. Die Tür des Haupthauses ist natürlich nicht verschlossen, wie es sein sollte, und auf dem Hof ist Vorsicht geboten, um nicht über die Dackel zu fallen, die ratlos herumirren. In der Scheune ist wahrlich was los. Die Schlipse der Jungen hängen schon auf Halbmast, aber sie zeigen sich ausnahmsweise als fleißige Tänzer. Es ist so ein Gewoge, dass sie sich in die Küche der Schwiegertochter retten. Dort steht der tüchtige Sohn mit den zwei Berufen und macht Küchendienst. Gemeinsam mit einer weiteren Perle des Hofes, vor der die Kinder mehr Respekt als vor ihrer Mutter haben und ohne die die Wäscheberge nicht zu bewältigen wären, spült er unermüdlich Gläser. Aber die Musik ist doch ein wenig zu laut und die Masse Mensch zu lärmend, und so kehren die Alten wieder in die eigenen vier Wände zurück. Trotz unverschlossener Haustür beschließen sie, ins Bett zu gehen.

Am nächsten Tag ist wieder das schönste Wetter. Die Freundin der Großeltern macht einen Rundgang über den Hof. Es ist friedlich und still, die Glocken läuten den Sonntag ein. Sie zwängt sich durch die Autos hindurch, aus denen hin und wieder lautes Schnarchen dringt. Nur das Eichhörnchen ist zu sehen. Es sitzt auf einem Mercedes und wirkt völlig verzweifelt. Seit Tagen schon rennt es zwischen dem Walnussbaum und dem Ort, an dem es seine Vorräte aufzubewahren pflegt, hin und her. Denn Nüsse gibt es dieses Jahr in ungeahnten Mengen. Es müsste fast schon Schwielen an seinen kleinen Pfoten haben. Und jetzt diese vielen Ungeheuer! Wollen die etwa alle an seine Nüsse?

Das Katerfrühstück dehnt sich bis weit in den Mittag aus. Schließlich ist man erst um sechs schlafen gegangen. Doch dann leert sich der Hof, Ruhe tritt ein, sehr zur Erleichterung des Eichhörnchens, das eifrig wieder mit seinen Nüssen hin- und herflitzt. Großeltern, Freundin, Kinder und Enkelkinder finden sich zur Manöverkritik zusammen. Resultat: Alles in allem sehr gelungen, aber einiges gibt es doch zu beanstanden. Der Sohn, der, wie sich die Großeltern entsinnen, auch recht flott im Feiern war, findet, dass zu viel getrunken worden ist. Und überhaupt, gutes Benehmen sei wohl heute ein Fremdwort. So ein Lümmel habe den Kopf in die Küche gestreckt und gefragt, wo der Sekt bleibt. Ein anderer dagegen habe in die Puppenstube gekotzt. Sogar die sonst so tolerante Schwiegertochter wirkt leicht vergrätzt. Einige haben sich nicht einmal vorgestellt, sie schlichtweg übersehen, ja sich nicht einmal verabschiedet, ganz zu schweigen von dem mal wieder vergessenen Zauberwort. Das hatte sie sich doch ein bisschen anders vorgestellt. Auch mal tanzen hätte jemand mit ihr können. Das wäre wohl doch mit Anfang vierzig noch gestattet. Dieser Jugendwahn heutzutage, da konnte man doch wirklich nur den Kopf schütteln. Neulich will ein Ehepaar ihres Alters, das sich in einer Diskothek blicken ließ, gehört haben, wie jemand hinter ihnen sagte: «Nun seht euch das an! Jetzt kommen sie schon zum Sterben hierher.»

Die Großeltern hüllen sich in diskretes Schweigen. Kritik ihrerseits löst leicht Verstimmung aus, obwohl die Großmutter sich über den Zustand der Badezimmer geärgert hat, die so aussahen, als befände man sich auf dem Klo in einem Interregio. Die Freundin des Hauses spricht es ungerührt aus: «Manche denken wohl, hinter jedem Stuhl steht ein Diener», und fügt hinzu: «Aber dem hätte man so was nicht zumuten dürfen, der hätte gleich gekündigt.»

Über die nicht abgeschlossene Haustür wird erst gar nicht geredet. Es ist ja nichts passiert. Die Gastgeberin, das süße Enkelkind, ist betrübt und muss getröstet werden. «Wir meinen es doch nicht so.»

Der Gastgeber ist längst wieder im Internat. Fast eine Woche sind beide Schwestern und Mutter mit Aufräumen beschäftigt. Dafür gibt es sehr schnell jede Menge Briefe. Sie sind voller Lobeshymnen. Das Fest war außerirdisch, tierisch, unvergleichlich, toll, gut und total super. Die Freundin der Großeltern erinnert sich beim Lesen an ähnliche Briefe aus ihrer Jugend, wenn auch in andere Worte gekleidet wie «pfundig», «prima» und «bombig», was eigentlich, wie sie jetzt denkt, ein ziemlich makabrer Begriff war. Vergessen sind die kleinen Ärgernisse, nach so vielen reizenden Entschuldigungen für Kaputtgegangenes, für unangebrachten Lärm und Rauchen dort, wo es ausdrücklich untersagt worden war, und auch das peinliche Malheur in der Puppenstube. Milde breitet sich aus. Von dieser Generation ist viel Positives zu erwarten.

Die Großeltern beschließen, den schönen Herbsttag zum Anlass zu nehmen, ihren zweiten Sohn zu besuchen, der nicht allzuweit entfernt wohnt. Er hat zwei kleine Töchter. Sie lernen jetzt schon das Zauberwort. «Wie heißt das Zauberwort?»

«Danke.» Man übt schon fleißig.

Der Glückspilz

Ich bin in was reingeschlittert, da zittern mir noch
jetzt die Knie, wenn ich nur daran denke. Aber ein
Glückspilz wie ich kommt eben aus jedem Schlamas-
sel wieder heil raus. Und Glück habe ich eigentlich
ein Leben lang gehabt. Gute Eltern, genug zu essen,
meistens jedenfalls, und ein richtiges Elternhaus,
wenn's auch nur eine Kate war, mit einem Stück
Garten drumrum, einem Holzschuppen und Zie-
genstall. Mit acht Personen musste man da schon
mächtig zusammenrücken. Eigenes Bett war nicht.
Trotzdem, über meine Kindheit kann ich mich wirklich nicht beklagen, obwohl, wenn ich so an heute
denke, war's manchmal schon happig. So viele Menschen in drei Zimmern und der Opa noch dazu. Da
wurde nicht lange gefackelt, und wir Kinder haben
schnell kapiert, wie der Hase läuft. Richtig verprü-
gelt, wie das ja früher so war, hat uns aber keiner.
Nur öfters mal eins mit der Gerte über die nackten
Beine, und das tat auch ziemlich weh. Die Gerte
mussten wir uns auch noch selbst schneiden. Trotzdem, meine Mutter war eine herzensgute Frau, hat

sich ganz schön abrackern müssen für die Familie. Fünf Gören aufziehen, den Opa pflegen und jeden Tag noch beim Bauern arbeiten, das war kein Zuckerlecken. Meine Schwiegertöchter haben da doch den Himmel auf Erden, mit all den Maschinen in der Küche. Und wenn was kaputtgeht, gleich weg damit und was Neues gekauft. Überm Bett von den Eltern hing ein Spruch: Willst du dein Haus in Wohlstand sehn, lass unnütz nichts verloren gehn. Von so was will doch heute keiner mehr etwas hören.

Spielzeug gab's so gut wie nicht, mal eine Stoffpuppe für die Mädchen und ein Springseil für die Jungen. Aber wir kannten es nicht anders. Auch hieß es früher nicht: Kinder sind das höchste Glück, sondern: Kinder sind zum Helfen da. Und damit ging's schon früh los. Gänse hüten, Brennnesseln fürs Kükenfutter schneiden, Holz im Schuppen schichten, Bohnen pflücken, Unkraut zupfen, Kartoffeln stoppeln, Eicheln sammeln, Wasser schleppen und die Ziege zum Bock bringen.

Mein Vater war Scherenschleifer und nahm mich öfters mit, wenn er über Land zog. Ein eigenes Fahrrad hatte ich natürlich nicht, ich saß bei ihm auf der Stange. Der Bollerwagen mit dem Schleifstein wurde hinten an sein Rad gebunden, und ab ging's, schon in aller Herrgottsfrühe. Den Abend davor hatte mich meine Mutter geschrubbt, schlimmer als den Küchentisch.

«Nun lass man noch was an ihm dran», sagte mein Vater. Der saß oft mit seiner Pfeife dabei und kniff mir ein Auge. Aber meine Mutter schimpfte: «Eingeweicht gehört er vorher. Nu kuck dir doch bloß mal diese Knie an!»

In jedem Dorf haben wir uns dann auf dem Dorfplatz aufgestellt. Ich hab die Klingel geschwungen und gerufen: «Der Scherenschleifer ist da!» Dann sind sie aus den Häusern gekommen mit ihren Messern und Scheren. Die meisten haben uns beim Schleifen zugesehen und uns den neuesten Dorfklatsch erzählt. Für mich fiel immer mal was ab, ein Apfel, ein Stück Topfkuchen oder eine Tüte Kirschen. Aber wenn es mal eine Tüte Bonbons war, passte Vater mächtig auf, dass auch welche für meine Geschwister übrig blieben. Abgeben musste man, das war die Regel Nummer eins zu Hause. Auf den Höfen bekamen wir manchmal auch einen Schlag Kartoffelsuppe und, wenn gerade geschlachtet worden war, ein Päckchen mit frischem Fleisch.

Am meisten hatten wir auf den Gütern zu tun, da lohnte sich die Sache. Und auf einem bekamen wir sogar eine richtige Mahlzeit in der Küche. Eine Kusine von meiner Mutter, Tante Luzie, war da nämlich Zimmermädchen. Vater grinste immer, wenn sie in ihrem schwarzen Kleid und der weißen Schürze angeschwänzelt kam und uns so von oben herab begrüßte: «Ah, die Verwandtschaft is auch mal wieder da.» Und Vater murmelte vor sich hin: «Gnädiges Fräulein von der Hagen, dürft ich's wagen, Sie zu fragen, welchen Kragen Sie getragen in der Hauptstadt Kopenhagen?» Den Spruch liebten wir. Während er mit den Scheren und Messern des Hauses zugange war, durfte ich ein bisschen im Schloss herumwandern. «Dass du mir nichts anfasst», warnte mich meine Tante jedes Mal. Die Köchin war viel netter. Und wenn Tant Luzie in der Küche wie eine Gouvernante an mir herumzupfte: «Junge, geh nicht so krumm, halt dich gerade», sagte die Köchin: «Luzie, halt deine Guschn, bring ihm lieber ein Glas Erdbeersaft.»

Natürlich hatten wir auch in der Kleinstadt unsere Kunden. Die nettesten waren Sanitätsrat Jacobsohn und seine Frau. Dort durfte ich sogar manchmal mit den Zinnsoldaten seines erwachsenen Sohnes spielen und gepanzerte Ritter gegen eine Burg aus Pappmaché reiten lassen. Was Warmes zu essen gab es da meistens auch und für mich jedes Mal einen Stundenlutscher. An manchen Tagen blieb es allerdings auch bei unseren Stullen, auf die Mutter, wie Vater sagte, das Schmalz grade man gehaucht hatte. Bei schönem Wetter hielten wir am liebsten an einem Feldrand Rast, über unseren Köpfen trillerten die Lerchen herum, und ich lernte so ganz nebenbei von meinem Vater, Tierstimmen nachzuahmen. Das konnte er nämlich wie kein Zweiter. Bald hatte ich ein ganzes Repertoire davon zusammen, quakte wie ein Frosch, zeterte wie eine Amsel, gab dumpfe Laute von mir wie eine Rohrdommel, rief wie ein Käuzchen und schreckte wie ein Reh, das von Menschen überrascht wird. Zwischendurch legte er sich ins Gras und schlief eine Runde, und ich beobach-

tete die Karnickel vor ihrem Bau, die rein- und raus-
flitzten, vor sich hin mümmelten oder Männchen
machten.

Natürlich gab ich mit meinen neu erworbenen
Kenntnissen in der Schule an. Beim Lehrer hatte ich
einen Stein im Brett. Er behandelte mich besser als
manchen anderen Jungen. Nur selten, dass er mir
eins mit dem Tatzenstock gab. «Na, mein Junge»,
sagte er manchmal nach den Sommerferien, «bist
wohl wieder ganz schön rumgekommen. Sollst ja sogar schon in Berlin gesehen worden sein. Hast womöglich sogar mit unserem Führer gesprochen.»

Die Klasse lachte, und ich genierte mich. Berlin,
das war für die meisten im Dorf fast so weit wie
Amerika. Bis Berlin fuhr nicht mal die Kleinbahn.
Von dort kamen meist die Sommerfrischler. Die
wollten sich in der frischen Luft erholen, aber mit
den Mücken hatten sie nichts im Sinn. Sie mar-
schierten juchzend durch den Wald und erzählten
uns Kindern Schauergeschichten von Hundefän-
gern, Zopfabschneidern und anderen Übeltätern.
Im Gasthaus hatten sie's dann mehr mit der Politik,
taten sich seit neuestem mit dem Führer wichtig und
schwärmten für ihn wie unser Lehrer. Der sprach
viel von ihm, und wenn wir ihm brav zuhörten, ließ
er uns gnädig eine halbe Stunde früher nach Haus
gehen. Manches, was er so sagte, blieb auch bei mir
haften und kam dann immer im falschen Moment
zum Vorschein.

«Die Juden sind unser Unglück», verkündete ich

Vater, als ich zufrieden, mit meinem Stundenlutscher im Mund, Dr. Jacobsohns Haus verließ.

Mein Vater blieb stehen und sah mich an. «Wer hat dir denn diese Flausen in den Kopf gesetzt?»

«Der Lehrer!», sagte ich ganz kleinlaut, weil ich merkte, dass mein Vater ärgerlich war.

«Ausgerechnet der. Der muss es ja wissen. Wo der Vater ein Zigeuner war.»

Ich staunte. «Ein Zigeuner?»

«Na ja. Jedenfalls hat er Geige gespielt. Und eins will ich dir mal sagen, mein Junge. Ob Jude oder sonstwas, bei mir ist der Kunde König, und wenn er noch auf den Bäumen sitzt. Unglück! Man glaubt es nicht. Ohne den Sanitätsrat wäre es eher deins gewesen. Ohne ihn wärst du nämlich auf dem Friedhof gelandet, als du die Diphtherie hattest. Und 'n Stundenlutscher gäbe es auch nicht. Was sind das nur für Zeiten!»

Ich fand sie hochinteressant. Jeden Tag was los. Fahnen rein, Fahnen raus, Fahnen voran und die Trommel gerührt. Und ich hatte mal wieder Glück, ich durfte sie schlagen. Stundenlang hab ich im Holzschuppen geübt, bis die Ziege verzweifelt meckerte, die Karnickel in Panik gerieten und die Nachbarn sich beschwerten.

Nach der Volksschule hatte ich wieder großes Glück. Ich wurde bei Sattlermeister Krause als Lehrling angenommen und von allen darum beneidet. Der war in der ganzen Gegend für seine Sättel berühmt, und auch die von der Reiter-SS kamen immer zu ihm.

«Kiek dir den Jungen an», sagte mein Vater zu meiner Mutter, wenn ich ab und zu nach Hause durfte. «Noch nich trocken hintern Ohren, aber die Nase hoch.»

Da war ich vierzehn. Bei Sattlermeister Krause lernte ein Lehrling nicht nur mit Leder umgehen, er musste auch der Meisterin tüchtig helfen. Da kannte Frau Krause nichts. Und die fensterlose, ungeheizte Kammer war auch nicht gerade der Kaiserhof. Der Lohn, den man als Lehrling bekam, war mehr als bescheiden. Lehrjahre waren eben keine Herrenjahre, so war das nun mal früher. Ob ich die Trommel schlug oder den Wimpel trug, das Sagen hatte der Meister.

Nach der Gesellenprüfung musste ich zum Arbeitsdienst und, kaum war ich damit fertig, zum Barras. Ich war noch gar nicht durch mit meiner Dienstzeit, da hatten wir ihn auch schon, den Krieg. Für die Liebe blieb da wenig Zeit. Ich hatte damals ein Auge auf eine gewisse Ingrid Riemann geworfen, die Tochter von unserem Gastwirt. Sie war sogar aufs Lyzeum gegangen. Ihren Eltern war ich natürlich nicht gut genug. Sie scheuchten mich von ihr weg wie die Fliegen vom Fleisch. «Ingrid hat zu tun, Ingrid muss im Garten helfen, Ingrid ist nicht da», so ging das jedes Mal, wenn ich auf Urlaub kam. Und damit sah es auch immer schlechter aus, denn nach Polen kam Frankreich, und da ist es dann passiert: Ich bekam das EK I als Erster vom Regiment.

Ehrlich gesagt, es war reiner Dusel. Sie hatten

mich als Melder eingesetzt, und dabei war ich in einem Wald plötzlich in ein ganzes Nest von Franzosen geraten. Während ich auf meinem Fahrrad dahinstrampelte, merkte ich plötzlich, dass es vor mir auf einer Lichtung geradezu von ihnen wimmelte. Sie lagen gemütlich in der Sonne und schwatzten. Verschreckt landete ich mit meinem Rad in einem Gestrüpp. Bei dem Geräusch sprangen alle wie ein Mann auf und griffen nach ihren Maschinenpistolen. Aber ich, der Sohn vom Scherenschleifer, war ja nicht von gestern und imitierte blitzschnell ein aufgeschrecktes Reh. Auf diesen Trick fielen sie prompt rein, ließen beruhigt die Waffen sinken und legten sich wieder hin.

Als ich zu meinem Regiment zurückkam, machte ich Meldung und wurde sofort zum Kommandeur gebracht. Der hörte sich meine Geschichte interessiert an und schlug mir anerkennend auf die Schulter. «Hast vielleicht vielen deiner Kameraden das Leben gerettet. Wir wären denen womöglich glatt ins Messer gelaufen.»

Und dann bekam ich das EK I, wurde zum Unteroffizier befördert und ein paar Tage nach Haus geschickt. Mit dieser Auszeichnung war ich nicht nur im Regiment der Erste, sondern auch im Ort, und das ganze Dorf lag mir sozusagen zu Füßen. Jeder wollte mir gratulieren und die Hand schütteln. Alle Türen standen mir offen, auch die von Ingrid. Sie musste nun nicht mehr mit den Hühnern ins Bett und durfte mit mir zum Tanzen gehen. In der Kneipe prosteten sie mir alle zu, und die Männer fragten augenzwinkernd: «Na, wie sind se denn so, die Mademoiselles in Frankreich?»

Später, als der Krieg kein Ende zu nehmen schien, hatten die Orden nur noch wenig Bedeutung. Jeder hatte irgendetwas auf seinem Waffenrock. Da musste es schon das Ritterkreuz oder wenigstens das Deutsche Kreuz in Gold sein, wenn man überhaupt noch auffallen wollte. Aber damals war es noch was Besonderes und ich ein richtiger Glückspilz. Ich wurde überall bevorzugt, brauchte an der Kinokasse nicht anzustehen und bekam so viel Freibier, wie ich wollte. Das habe ich natürlich sehr genossen, vor allem, dass Ingrid nun immer mit von der Partie war. Beim nächsten Urlaub verlobten wir uns, und dann, bevor es nach Russland ging, heirateten wir noch schnell.

Russland, das war wirklich wie lebendig begraben. Die reinste Hölle. Wenn ich nur an den Winter denke! Man stolperte bei hohem Schnee und vierzig Grad unter null eigentlich nur sinnlos durch die Gegend, und keiner wusste mehr so recht, was das Ganze noch sollte. Da interessierte einen nichts mehr außer schlafen, möglichst was Warmes in den Magen kriegen und sich irgendwo in einem einigermaßen sicheren Unterschlupf verkriechen. Wenn man sich überhaupt um jemanden sorgte, waren es die Kumpels. Die waren der Ersatz für alles, was man entbehrte, die Familie und die Heimat. Man dachte nicht mehr von heut auf morgen, nur noch von einer Stunde auf die andere.

Als es dann dem Ende zuging und man eigentlich nur noch die Wahl zwischen Tod und Gefangenschaft hatte, rettete mich mal wieder mein Glück vor dem Schlimmsten. Ein Steckschuss, und schon bekam ich gerade noch einen Platz in einem Lazarettzug Richtung Deutschland.

Denen zu Hause ging es inzwischen auch nicht besser als uns. Praktisch gab es nirgendwo noch ein Entrinnen. Zuerst die Bomben, dann die Russen. Als ich zu Hause ankam, war da die Hölle los. Es wimmelte von Evakuierten und Flüchtlingen, und man musste immer mehr zusammenrücken und teilen. Da gab es viel Gift und Galle zwischen Besitzenden und Habenichtsen. Kein Gedanke mehr an Volksgemeinschaft und Solidarität. Wenn's hart auf hart geht, ist sich jeder selbst der Nächste. Not kennt kein Gebot. Und dazu noch die Tiefflieger. Sie schossen auf alles, was sich bewegte, egal ob spielende Kinder, Kühe oder die Oma, die beim Kartoffelbuddeln war. Wer noch einigermaßen krauchen konnte, musste nun zum Volkssturm. Durchs Fenster konnte ich Ingrid auf der Dorfstraße sehen, wie sie, einen Hut auf dem Kopf, mit der Panzerfaust herumfuchtelte. Nur ich blieb von solchen Mätzchen verschont. Mein zerschossenes Bein entzündete sich, und ich lag mit hohem Fieber im Bett, und weit und breit kein Sanitätsrat Jacobsohn, sondern nur ein Schnösel von Sanitäter, der von nichts eine Ahnung hatte. Hab mich damals oft gefragt, was wohl aus dem Sanitätsrat und seiner Familie geworden ist.

Gegen den hatte doch niemand etwas gehabt, nicht mal der Lehrer, der immer sagte: «Die Juden sind unser Unglück», aber im gleichen Atemzug den Arzt lobte, weil der das kaputte Bein von seinem Sohn wieder so gut hingekriegt hatte. Von heut auf morgen soll die Familie verschwunden sein mit Sack und Pack, niemand wusste wohin.

Als dann der ganze Spuk vorbei war, gingen Ingrid und ich gleich in den Westen. Leicht war der Anfang dort nicht. Auf uns hatte keiner gewartet. Aber langsam bekrabbelten wir uns. Ich hatte mal wieder Glück und lief meinem ehemaligen Regimentskommandeur über den Weg. Der war gerade dabei, seine Firma wieder in Gang zu bringen. Und er konnte sich noch genau an mich erinnern und an den Tag, als er mir das EK I verliehen hatte. Er bot mir sofort eine Stellung an. «Denn Männer wie Sie», sagte er, «tapfer und lebenserfahren, kann man heute gut gebrauchen.»

Mit der Hand voll Kameraden, die vom Regiment übrig geblieben waren, haben wir uns dann regelmäßig getroffen. Zuerst haben wir natürlich von alten Zeiten geredet und unsere Wunden geleckt. Aber später haben wir eigentlich nur noch voreinander angegeben, wie weit wir es inzwischen gebracht hatten, beruflich wie finanziell. Als wir dann älter geworden waren, schlief das Ganze nach und nach ein. Jeder hatte sich irgendwie zurechtgefunden und brauchte die Kameraden nicht mehr als Krücke.

Auch mein EK I verlor allmählich seinen Glanz.

Aber vor ein paar Tagen ist es mir beim Aufräumen in die Hände gefallen, und ich dachte: Das wolltest du doch Hupsi schenken. Du hast es ihm fest versprochen und wieder mal vergessen. Hupsi ist mein jüngster Enkelsohn, man grade sieben Jahre. Aber Sammeln ist jetzt schon seine Leidenschaft. Mal sind es Schlüsselanhänger, mal winzige Plüschbären, mal irgendwelche merkwürdigen Geschöpfe aus Plastik, die sich Pokemon nennen. Aber neuerdings ist er ganz wild auf Orden, und als er vor ein paar Wochen das EK I bei mir entdeckte, wollte er es unbedingt haben. Hartnäckig ist er ja, das muss man ihm lassen. Dauernd war er hinter mir her, und so habe ich's ihm schließlich versprochen. Drei Orden hatte er schon, einen vom Karneval, einen von der Heilsarmee, der auf dem Flohmarkt gelandet war, und eine Rettungsmedaille, die er auf der Straße gefunden hat. Mein EK I sollte einen Ehrenplatz einnehmen. Ich finde ihn ja noch reichlich jung für so eine Sammlung, aber ich hab mich nun doch rumkriegen lassen, denn das wird ihn immer an seinen Opa erinnern, wenn ich mal nicht mehr da bin. Heute hab ich gedacht: Es ist ein so schöner Herbsttag, am besten, du machst dich gleich auf den Weg, sonst vergisst du's wieder. Mein Sohn wohnt auf der gegenüberliegenden Seite des Parks, und ein Fußmarsch tut immer gut. Ingrid war mal wieder nicht da. Ich frag mich manchmal wirklich, wo sie sich den ganzen Tag rumtreibt. Entweder ist sie beim Friseur, beim Arzt oder bei 'ner Freundin, und ich kann sehen, wie ich allein zurechtkomme. Man könnte doch gemütlich zusammensitzen, man muss ja nicht immer reden. Aber das hält sie nicht aus, sagt sie. Auch mit achtzig will man noch was vom Leben haben. Ruhe hat sie noch genug im Grab.

Ich hab mir also eine andere Jacke angezogen, mich wie immer laut gefragt: «Musst du dich noch rasieren?» und bin zu dem Schluss gekommen, nein. Dann bin ich losmarschiert mit dem EK I in der Tasche. Und unterwegs ist es dann passiert, dass ich so richtig in was Gefährliches reingeschlittert bin.

Als ich durch den Park gehe, sehe ich doch auf dem Rasen eine Horde von diesen verrückten Glatzköpfen, und die prügeln und treten auf jemanden ein. Anstatt so schnell wie möglich die Polizei zu alarmieren, gehe ich Idiot doch tatsächlich auf die Jungs los. Dabei habe ich in meinem Alter kaum noch Mumm in den Knochen und bin sowieso alles andere als ein Held. Aber als ich dann vor ihnen stehe und sie mich anglotzen, wird mir schon ganz schön mulmig.

«Jungs, lasst doch den Quatsch», bringe ich schließlich heraus. «Ihr bringt ihn ja noch um!»

Die Reaktion ist alles andere als freundlich. «Na, Opa», sagt der eine, wohl der Anführer. «Sollen wir dir helfen, wieder in deine Urne zurückzufinden?» Und dann fangen sie auch schon an, mich ein bisschen hin- und herzuschubsen. In dem Moment kommt mir die rettende Idee: das EK I. Ich ziehe es aus der Tasche und halte es dem Anführer unter die

Nase. «Wenn ihr ihn laufen lasst, kriegt ihr den Orden.»

Der Anführer betrachtet ihn abschätzig. «EK I gibt's jede Menge. Haste nich 'n Ritterkreuz?»

«Aber vom Führer eigenhändig verliehen», sage ich. Ich habe ins Schwarze getroffen.

«Vom Führer persönlich? Ist ja geil.» Sie mustern mich anerkennend, wenn auch etwas skeptisch. Und so lege ich nach:

«Ich war der Erste im Regiment und jünger als ihr.»

Sie flüstern miteinander, während ihr Opfer sich röchelnd auf dem Rasen krümmt. «Ist gebongt», sagt der Anführer schließlich. «Aber eins kann ich dir sagen, Opa. Machst 'n schlechten Tausch. Diese Ratte hier» – er stößt den vor sich hin Wimmernden mit der Schuhspitze in den Bauch – «hat schon wegen Drogen im Knast gesessen und versucht, mir das Motorrad zu klauen.» Sie marschieren davon.

Ich betrachte das Opfer. Mit ihm ist wirklich kein Staat zu machen, spinatgrüne Haare, die Hände tätowiert und so hohlwangig, als hätte er die Motten. Er rappelt sich mühsam auf, streckt mir zum Dank die Zunge raus und humpelt davon.

Ich bin ungeheuer erleichtert, noch einmal davongekommen zu sein. Das EK I hat mir mal wieder Glück gebracht und nicht nur mein Leben, sondern auch das von diesem Typen gerettet. Aber dann kommen mir doch Zweifel. Mein wertvollstes Erinnerungsstück für einen Halbkriminellen vergeudet?

Hätte es nicht wenigstens ein ausländischer Mitbürger sein können, einer von den Türken, denen jetzt in unserer Straße fast jeder zweite Laden gehört? Teuer sind sie ja, aber immer freundlich und der Laden picobello sauber. Oder ein farbiger Moderator vom Fernsehen oder ein Jude, so ein netter wie unser Dr. Jacobsohn, dann würde es vielleicht sogar in der Zeitung stehen.

Mit sehr zwiespältigen Gefühlen trotte ich nach Haus und fange mir gleich eine große Standpauke von Ingrid ein. «Musstest du unbedingt den Helden spielen? In deinem Alter? Sie hätten dir doch leicht alle Knochen brechen können!»

Und dann erzähle ich ihr, was mir so durch den Sinn geht. Sie schüttelt den Kopf über mich. «Was grübelst du nur wieder so herum. Es trifft doch eh im Leben den Falschen, im Guten wie im Bösen. Wer will das vorher wissen? Sei froh, dass du mit einem blauen Auge davongekommen bist.»

Und während sie so redet, kommt plötzlich wieder so vieles zurück, an was ich lange nicht mehr gedacht habe, sozusagen mein ganzes Leben, aber mehr die schönen Momente als die schrecklichen. Wie es war, als ich den Orden bekommen habe und mit Ingrid ausgehen durfte. Wie wir am Bootssteg im Kahn saßen und in dem Gartenlokal hinter uns spielte das Grammophon: «Für eine Nacht voller Seligkeit, da geb ich alles hin.» Wir saßen da, und Ingrid griente mich so niedlich an und sagte: «Na ...?» Der Kahn schaukelte sachte hin und her, und der Wind ließ

Hunderte von Kastanienblüten auf dem Wasser tanzen.

Inzwischen ist Ingrid in der Küche verschwunden. «Was ist los?», fragt sie, als sie wieder zurückkommt. «Was sitzt du da und starrst so vor dich hin?»

«Ich hab an den Jungen gedacht, unsern Hupsi. Der wird ja nun sehr enttäuscht sein. Ich hab ihm doch vor ein paar Wochen das Eiserne Kreuz versprochen.»

«Orden sammelt der doch schon lange nicht mehr!», ruft Ingrid.

Ich sehe sie verdutzt an. «Nicht? Was sammelt er denn?»

«Dinosaurier aus Fruchtzucker.»

«Na so was», sage ich abwesend, denn ich bin längst wieder in meine verloren gegangene Welt eingetaucht, habe das sirrende Geräusch des Schleifsteins im Ohr und höre mich rufen: «Der Scherenschleifer ist da! Der Scherenschleifer ist da!»

Der Zahn der Zeit

Julia gab dem jungen bebrillten Psychologen, der wie eine Loriot-Figur aussah und auch genauso humorlos und wichtigtuerisch redete, keine Chance. Sein affektiertes Stimmchen erreichte ihr Ohr nicht mehr. Sie hatte den Ton abgestellt. In letzter Zeit häuften sich Expertenrunden, die über das Alter diskutierten, und Julia war jedes Mal erstaunt, dass kaum der Kinderkarre entsprungene Wissenschaftler einem weismachen wollten, wie sich der Mensch in dieser Lebensphase fühlt. Dabei war es schon für eine Siebzigjährige nicht möglich, sich in die Situation einer Neunzigjährigen zu versetzen. Doch die Generationen hatten eine Gemeinsamkeit: Jeder graulte sich vor dem Alter. Natürlich gab es Ausnahmen, denen es damit nicht schnell genug gehen konnte. So ein Geschöpf war auch jenes kleine Mädchen gewesen, das ihr in einer Drogerie betrübt mitgeteilt hatte: «Meine Freundin ist schon sechs, aber ich bin erst fünf.»

«Na, da schwindelst du aber», hatte Julia mit der nötigen Ungläubigkeit in der Stimme geantwortet. «Du gehst doch bestimmt schon zur Schule.»

Die Kleine strahlte, als hätte sie ihr gerade einen Lippenstift geschenkt.

Aber diese Zeitspanne, in der man sich freute, erwachsen zu werden, war in der heutigen Zeit besonders kurz. Bereits der achtjährige Enkelsohn einer Freundin klagte über die Vergänglichkeit des Lebens und mischte sich unaufgefordert in das Gespräch der Kaffee trinkenden Großmütter, die sich gerade gegenseitig abfragten, was für sie wohl das Schlimmste wäre. Der Junge, den Mund voll gestopft mit Baisers und Schlagsahne, hatte seine Ansicht dazu geäußert und genuschelt: «Für mich ist das Schlimmste, dass ich sterben muss», was teils Gelächter, teils Kopfschütteln hervorrief. «Was hat da das Fernsehen wieder in diesem kleinen Kopf angerichtet!»

Julias Enkelsohn, der normalerweise nur mit roher Gewalt zu wecken war, hatte vor seinem zwanzigsten Geburtstag eine schlaflose Nacht verbracht. «Omi, nun bin ich ein Greis.»

«Ohne Abitur», hatte die Großmutter herzlos hinzugefügt und ihm, dem doch in letzter Zeit nun wirklich fleißig Büffelnden, wie die Schwiegertochter tadelnd bemerkte, gründlich den Geburtstag versaut.

Das Altwerden beschäftigte die Menschen anscheinend ebenso heftig wie die Liebe, und wie bei der Liebe konnte man sagen: Wo das Alter hinfällt ... Denn das tat es ebenso wahllos. Bei manchen hielt es sich dezent zurück, so dass diese des Glaubens waren, es sei allein ihr Verdienst, die Krepel um sie herum seien selbst schuld an ihrem Zustand oder stellten sich zumindest fürchterlich an und jammerten damit geradezu das Alter herbei. Bei anderen zwickten die Jahre in versöhnlichen Abständen, so dass sich der verdutzte Patient zwischendurch wieder von dem Schreck erholen konnte. Der Rest humpelte, blinzelte, keuchte harthörig und zum Missmut seiner Umgebung nie das Hörgerät benutzend unverstanden dahin.

In den Medien waren mehr die anderen gefragt, die kraftstrotzenden, vitalen Alten, die ständig dem Zuschauer entgegenkrähten, dass sie sogar im Winter im Meer badeten und sich anschließend noch behaglich im Schnee wälzten. Sie sparten nicht mit guten Ratschlägen, die sich auf alle Gebiete bezogen einschließlich des Liebeslebens, das, wie sie augenzwinkernd kundtaten, bei ihnen unter dem Motto stand: Alte Sünder leben am längsten. Ihr Aussehen schien ihnen Recht zu geben, denn sie waren noch rund und rosig, wenn auch etwas schwabbelig, was ihnen aber besser stand als den Asketischen, Ausgemergelten, von der Sonne Gelederten, die mit einer Hand voll gekochtem Reis über Gebirge und durch Wüsten zogen. Das, was sie fertig brachten, hätte sich Julia nicht einmal mit zwanzig zugetraut. Da gab es eine Dame, die mit neunzig auf dem Amazonas herumpaddelte und ihren Geburtstag auf einer Exkursion am Nordpol verbrachte, wo sie mitten im Packeis, wie sie lächelnd berichtete, misstrauisch beäugt von zwei Eisbären, sehr nett gefeiert hätte. Eine Gleichaltrige fuhr noch per Anhalter quer durch die Welt. Fröhlich berichtete sie von Abenteuern, bei denen so etwas wie eine kleine Vergewaltigung zwar unangenehm, aber kaum nennenswert war, wobei, wie Julia missbilligend feststellte, dieser Zwischenfall durchaus vermeidbar gewesen wäre, wenn sich diese Dame auf dem Bildschirm an ihre eigene so warm empfohlene Lebensregel gehalten hätte: Haltet euch wach! Etwas, was Julia von Tag zu Tag schwerer fiel, vor allem in Gesellschaft, wenn sich das Gespräch um für sie so langweilige Dinge drehte wie etwa das Kochen, das neuerdings auch auf großes Interesse bei den Herren stieß. Sie nickten kennerisch, wenn jemand sagte, man solle für Risotto mit Lachs auf jeden Fall Rundkornreis nehmen. In solchen Augenblicken konnte es durchaus passieren, dass ein plötzlicher kleiner Schnarcher von Julia die Runde kichern ließ.

Aber auch das Fernsehen als Gesellschafter wirkte außerordentlich Schlaf fördernd, besonders jene Sendungen, die eigentlich dazu dienten, den Zuschauer in Angst und Schrecken zu versetzen. Das Geknatter von Maschinengewehren, das jaulende Geräusch eines abstürzenden Flugzeuges, das Quietschen der Reifen, wenn ein Auto dem Abgrund zujagte, das Wimmern drangsalierter Opfer ließen Julia prompt in ein Nickerchen verfallen, aus dem sie erst wieder erwachte, wenn der Film zu Ende war.

Leider gab es einen solchen Schlummertrunk im

Augenblick auf keinem Kanal, und so beschloss sie, diese Loriot-Kopie noch einmal zu Worte kommen zu lassen. Der junge Mensch war gerade dabei, die Perlen seines Wissens vor dem staunenden Publikum auszubreiten, und erzählte von einer französischen Mätresse, die es bis ins hohe Alter nicht nur mit Majestäten und anderen Persönlichkeiten getrieben hatte, sondern auch noch mühelos das hohe C singen konnte. Allerdings, das Vergnügen, ihren Neunzigsten im Packeis in der Gesellschaft von Eisbären zu verbringen, war ihr nicht vergönnt gewesen, da sie bereits mit fünfundsiebzig starb. Julia sah an sich herunter, überlegte, ob sie mit fünfundsiebzig noch als Mätresse geeignet gewesen wäre, und kam zu dem Schluss, eher nein. Sie gähnte herzhaft und ging ins Bett.

Vor ihr lag ein anstrengender Tag. Zuerst musste ihr ein Zahn gezogen werden, und danach war sie mit Kusine Dietlind zum Essen verabredet. Zu dem Zahn hatte sie ein ganz besonderes Verhältnis, weil er sich bereits seit ihrer Jugend gegen die Zange der Zahnärzte wehren musste. Jeder dieser Herren meckerte an ihm herum. Mal versperrte er angeblich den Weg, so dass ein anderer Zahn schief herauswuchs, mal wurde er mit seinem Nachbarn verwechselt, bis zur Wurzelspitze aufgebohrt und der sich bester Gesundheit erfreuende Nerv gezogen, was Julia ein paar Wochen später rasende, dem Zahnarzt völlig unerklärliche Schmerzen bereitete und erst durch einen Kollegen aufgeklärt werden konnte. Ein Stück Draht war in die Wurzel gelangt. Danach gab es einige ruhige Jahre für ihn, bis Julia eine Brücke bekommen musste und für diese Sanierung der Zahn wieder einmal im Wege stand. Aber Julia verteidigte ihn wacker, und der Zahnarzt fand sich, wenn auch murrend, damit ab. Der Zahn dankte es ihr viele Jahre, doch nun war sein Ende absehbar. Von Karies geschwächt und Parodontose gelockert, war er ein Wrack geworden, das, wie ein Röntgenbild ergab, nur noch mühsam ein wenig Halt beim Nachbarn suchte, mit dem es verbunden war.

Der neue Tag begann also sozusagen mit einer Beerdigung. Dann kam das Treffen mit Kusine Dietlind, zu der ihr Verhältnis von Kindheit an sehr gespalten war. Einerseits bewunderte sie die Kusine, andererseits reizte sie ihre dominante Art, ihr zur Schau getragenes Mir-kann-keiner-Gehabe. Aber gerade damit hatte sie, wie Julia zugeben musste, ihr gelegentlich aus der Patsche geholfen, in die man im Krieg schnell geraten konnte, etwa, wenn man das Wichtigste im Leben eines Deutschen vergessen hatte, die Kennkarte. Sie sah sich noch im Zug sitzen und verzweifelt danach suchen. Der Kontrolleur, ein ungemütlicher, subalterner Typ, ließ durchblicken, dass es wohl das Beste sei, sie beim nächsten Halt der Polizei zu übergeben. Doch ehe er seinen Vorsatz in die Tat umsetzen konnte, war Dietlind ihr beigesprungen. Das Kusinchen besaß ein von Julia beneidetes großes Talent, mit wenigen unauffälligen Gesten bei den Männern die richtigen Signale zu setzen. Und auch diesmal verfehlte sie ihr Ziel nicht. Während sie den Zeigefinger nachdenklich um ihre Lippen kreisen ließ, als säßen da noch Krümel, eine ihrer Schuhspitzen unmerklich über sein rechtes Hosenbein strich und danach ihre rechte Hand mehrfach durchs Haar fuhr, das, obwohl nur mit Kernseife gewaschen und mit Essig gespült, glänzte, als hätte sie es stundenlang gebürstet, gab sie eine rührende Geschichte von einer todkranken Tante von sich, zu der Julia und sie unterwegs waren. Der Kontrolleur kapitulierte wie erwartet. Mit rauen Worten – «Erzählen Sie diesen Quatsch Ihrer Großmutter!» –, aber mit dem gewissen Flimmern in den Augen, verließ er das Abteil. Und Julia hatte sich wieder einmal neidisch eingestanden, dass Dietlind alles erreichte, was sie wollte, und sich dabei nicht scheute, ihr unbekümmert die Freuden des Lebens vor der Nase wegzupflücken. Das hatte ihr Julia nie so recht verziehen, auch wenn es sich manchmal nur um Nichtigkeiten handelte, wie die Sache mit den Pralinen. Julia hatte sie in einem Kramladen entdeckt, zuteilungsfrei, wo man so eine Kostbarkeit nie vermutet hätte, während Dietlind gerade dabei war, mit geübtem Geschick dem Ladenbesitzer ein Dutzend Wäscheklammern abzuschwatzen. Dietlinds Hartnäckigkeit war er nicht gewachsen, und sie belohnte ihn bei jeder Klammer, die er, um seine Großzügigkeit zu unterstreichen, einzeln auf den Ladentisch legte, mit kleinen Entzückensschreien.

«Kuck mal, Dietlind, Pralinen!», rief Julia unbedacht, die ihren Augen nicht trauen wollte, was da zwischen Graupen, schwärzlichen Nudeln, Salz und Rohzucker lag. Und ehe sie sich versah, waren die Pralinen von Dietlind ergriffen, bezahlt und in deren Tasche verschwunden, als Geburtstagsgeschenk für die Mutter ihres Freundes, der lange Zeit ein Verehrer von Julia gewesen war, bis Dietlind ihn ihr abspenstig machte.

Sie hatte nie verstanden, warum ihre Mütter geradezu versessen darauf gewesen waren, dass sie mehr sein sollten als nur miteinander verwandt, nämlich die besten Freundinnen. Schon als Kinder waren sie ständig zusammengesperrt worden, im Kindergarten, im Kinderheim und in den Ferien. Obwohl sie sich zankten, dass die Fetzen flogen, gaben die Mütter die Hoffnung nicht auf, dass sie eines Tages unzertrennlich werden würden. Glücklicherweise sorgte schon der Krieg dafür, dass sie sich nur noch selten sahen. Und danach, musste Julia zugeben, war das Zusammentreffen eigentlich immer sehr nett. Es gab eine Menge lustiger Kindheits- und Jugenderinnerungen, an die man sich jetzt im Nachhinein lachend erinnerte, wenn auch für Julia mit einem leicht bitteren Beigeschmack. Beide waren inzwischen verheiratet, und Julia war stolz darauf, dass es anders als bei ihren Freundinnen in ihrer Ehe kaum Schwierigkeiten gab. Als Dietlinds Mann vor zehn Jahren unerwartet starb, lud sie die Kusine deshalb spontan ein, sich bei ihnen ein wenig von dem

Schock zu erholen. Und im Handumdrehen war Dietlind der Mittelpunkt im Haus, obwohl Julias Mann vor ihrem Besuch zu Julias Befriedigung noch gestöhnt hatte: «Muss das sein», weil er sich in seinem gemütlichen Rentnerleben gestört fühlte. Doch von gestört konnte nun keine Rede sein. Dietlind zuliebe verzichtete er sogar auf sein Nachmittagsschläfchen, auf das er sonst großen Wert legte, um sie auf ihren Spaziergängen zu begleiten. Julia, den Spruch «Alter schützt vor Torheit nicht» im Ohr, handelte schnell. Beim Mittagessen – Dietlind und ihr Mann unterhielten sich gerade sehr angeregt über Billy Wilder und seine Filme – stieß sie plötzlich einen kleinen entsetzten Schrei aus, um zu demonstrieren, dass sie etwas Wichtiges vergessen hatte. Der Ehemann zuckte zusammen, verschüttete den Wein, den er gerade sich und Dietlind nachschenkte, wobei der sonst in der Ehe so Aufmerksame Julias Glas völlig übersah, und fragte irritiert: «Was ist denn?»

«Mir fällt gerade ein», erklärte Julia, «dass ja übermorgen der Maler kommt und das Gastzimmer ausgeräumt werden muss.» Und zu Dietlind gewandt: «Würde es dir sehr viel ausmachen, ein paar Tage im Wohnzimmer zu schlafen? Ach, es ist wirklich zu ärgerlich.»

«Das ist es», bestätigte ihre Kusine und warf Julia einen halb anerkennenden, halb gekränkten Blick zu. «Vor allem für dich. Handwerker im Haus sind wirklich kein Vergnügen.»

«Was sein muss, muss sein», sagte Julia. «Aber länger als drei, vier Tage wird es nicht dauern. Und dann hast du wieder deine Gemütlichkeit. Ich hoffe, du fühlst dich nicht allzusehr gestört.»

Doch das tat Dietlind entschieden und reiste ab.

Dem Handwerker kam im letzten Augenblick, wie Julia ihrem Mann erklärte, etwas dazwischen, und das ganze Unternehmen musste verschoben werden. «Wir sollten uns endlich mal nach einem zuverlässigeren umsehen», sagte der Hausherr aufgebracht.

«Wie Recht du hast.» Julia sah zufrieden, wie er nun wieder ihr Glas sorgsam als erstes bedachte.

Die Sache mit dem Zahn wurde unerfreulicher, als sie gedacht hatte. Der Arme kämpfte verzweifelt um sein Leben und klammerte sich so fest, dass der Zahnarzt ärgerlich vor sich hin murmelte: «Hätte ich Sie bloß zum Kieferchirurgen geschickt.»

Als es endlich vollbracht war, blieben mehrere Splitter zurück, die einzeln herausgeholt werden mussten. «Auch das noch.» Der Zahnarzt sah Julia an, als wollte er sagen: «Na, hoffentlich machst du zum Ende deines Lebens nicht auch so ein Theater.»

Mit geschwollenem Gesicht schlich Julia nach Hause und legte sich hin. Doch nach zwei Stunden war sie wieder recht munter. Nur das Gesicht sah immer noch aus, als hätte sie Ziegenpeter.

Das Hotel, in dem sie sich mit Dietlind traf, war eins von der genormten Sorte und das Restaurant gemütlich wie der Warteraum einer Universitätsklinik. Aber die Küche dort wurde allgemein sehr gelobt. Dietlind erwartete sie bereits und begrüßte sie mit einem: «Na, mal wieder zu spät?»

Julia tippte an ihre Backe. «Zahnarzt.»

«Ach, du Arme», sagte ihre Kusine und fügte herzlos hinzu: «Na ja, wenn du nichts hast, fühlst du dich ja auch nicht wohl.»

«Du sagst es.» Julia musterte ihre Kusine verstohlen, während sie die Speisekarte studierte. Sie war wirklich ein Prachtexemplar von einer Achtzigjährigen, das Haar noch voll, das Gesicht fast faltenlos und kaum Altersflecke auf ihren Händen. Bei jeder dieser Feststellungen verstärkte sich ihr Neid wie der Jodgeschmack in ihrem Mund. Auch Dietlinds Appetit war beneidenswert.

Während Julia vorsichtig eine Spargelsuppe schlürfte, erinnerte sie sich mit Wehmut an jene Zeit, als auch ihr Magen ohne Schwierigkeit mit acht bis zehn Kartoffelklößen fertig wurde. Jetzt streikte er schon bei einem etwas zu üppig ausgefallenen Abendbrot. Wie meist führte Dietlind das Gespräch. Sie erzählte von einer Schiffsreise, die gerade hinter ihr lag, was sie da für hochinteressante Leute getroffen hatte und wo sie überall an Land gegangen waren. Plötzlich unterbrach sie ihre Schilderung, deutete auf den Eingang und sagte: «Ach, du grüne Neune. Kuck mal, da!»

Durch den Speiseraum schlich ein Hund. Aber was für einer! Methusalem hätte dagegen noch wie die Jugend selbst gewirkt. Er hatte die Größe eines

Boxers und das Aussehen eines Fakirs. Das eine Auge war von einer großen Warze halb verdeckt, und sein wahrscheinlich ehemals braunes Fell sah aus wie verdorrtes Steppengras. Er taumelte gegen jeden Stuhl, an dem er vorbeikam, und ließ sich schließlich mit einem tiefen Seufzer neben ein grünes Gewächs fallen.

«Gehört der zum Hotel?», fragte Julia den Kellner, der gerade den Nachtisch brachte. Der blickte angewidert auf die Jammergestalt.

«Ih, bewahre. Schrecklich, dieser alte Köter. Kommt hier immer einfach rein und sabbert den ganzen Teppich voll. Schmeißt man ihn raus, regen sich die Gäste auf, man hätte kein Herz für Tiere, und lässt man ihn drin, rümpfen sie die Nase. Wie man's macht, ist's falsch. Sonst noch einen Wunsch, die Damen?»

Julia schüttelte den Kopf und beobachtete ihre Kusine, der anzumerken war, dass ihr der Anblick dieses hinfälligen, alten Hundes zusetzte. «Alt werden ist wirklich das Letzte», sagte Dietlind und nahm hastig einen großen Schluck. Ihr schweres goldenes Armband klirrte gegen das Weinglas. Es klang wie ein Totenglöcklein.

«Das ist es ja nun wirklich.» Julia lächelte belustigt. Es kribbelte ihr in allen Fingern, der Kusine etwas Teuflisches zu sagen, heuchlerischen Trost in der Art wie: «Für deine achtzig Jahre siehst du noch sehr passabel aus, die paar Falten am Hals und die schrumpligen Ohrläppchen fallen da überhaupt nicht ins Gewicht.» Aber die Großmut siegte. Sie beugte sich über den Tisch und flüsterte ihr zu: «Hinter dir sitzt ein Herr. Er hat dich schon die ganze Zeit im Visier.»

In Dietlinds Gesicht kehrte das Leben zurück. Sie fuhr sich hastig übers Haar. «Wo?»

«Im Moment bezahlt er gerade die Rechnung.» Julia löffelte zufrieden ihr Weingelee. Jod hin, Jod her, es schmeckte wirklich vorzüglich.

Der Notnagel

Robert erwischte es bereits im Polenfeldzug, und zwar so schwer, dass er für den Rest des Krieges frontuntauglich blieb, wofür er anfänglich von seinen Kameraden bedauert, aber später eher beneidet wurde. Es dauerte Monate, bis man ihn wieder einigermaßen zusammengeflickt hatte.

Bei den Ärzten galt er als ein bewundernswert harter Bursche, der die vielen Operationen mit stoischem Gleichmut ertrug, eine Tugend, die er seinen älteren Brüdern verdankte. Sie hatten ihm rechtzeitig beigebracht, eine Menge körperlicher Unbilden klaglos hinzunehmen. Und er hatte früh gelernt, dass im Leben alles Jammern wenig nützte und höchstens die ungeduldige Frage nach sich zog: «Was is denn nun schon wieder, Robert?»

Er war nun mal nichts Besonderes. Er war einfach da, und damit konnte er ja eigentlich schon zufrieden sein. Selbstverständlich wäre nie jemand auf den Gedanken gekommen, sich für ihn besonders zu interessieren, und nie war es ihm vergönnt, im Mittelpunkt zu stehen. Wenn seine Gesellschaft erwünscht war, vor allem von seinen Brüdern, dann nur, um ihn herumzukommandieren, zu foppen oder durch die Gegend zu hetzen: «Robert, du Knallerbse, wo steckst du denn schon wieder?»

Auch in der etwas entfernteren Verwandtschaft blieb er als Person wenig haften, so dass er, wenn ein zerstreuter Blick ihn traf, ganz automatisch eine kleine Verbeugung machte und sagte: «Ich bin Robert.» Worauf der Erwachsene meist verständnislos reagierte und unsicher fragte: «Robert? Gehörst du zur Familie?»

Auch war er eher ein Stein des Anstoßes als gern gesehen, wo immer er sich aufhielt: «Mach doch Platz!» – «Was stehst du hier so rum?» – «Pass auf, du wirst gleich das Glas umwerfen.» – «Was willst du denn nun schon wieder? Du siehst doch, dass ich mich unterhalte.»

In der Schule erlaubte man ihm gnädig, niedere Dienste zu tun, die Tafel abzuwischen, Kreide zu holen, Ausgestopftes oder in Spiritus Eingelegtes wegzuräumen oder auf dem Schulhof Papier zu sammeln. Seine Zeugnisse waren durchaus zufrieden stellend, aber nicht weiter erwähnenswert, während seine Brüder in dieser oder jener Weise für Aufregung sorgten, entweder für freudige – «Der Junge hat eine Eins geschrieben, stell dir vor!» – oder für das Gegenteil, was aber sofort entschuldigt wurde – «Das Kind ist eben so sensibel. Die Schule strengt ihn zu sehr an!»

Gelegentlich versuchte auch Robert, witzig zu

sein wie seine Brüder, und gab auf die Frage: «Wie geht es dir?» die Antwort: «Man hungert sich so durch», was ihm keinesfalls den erwarteten Beifall brachte, sondern nur einen scharfen Verweis seines Vaters: «Robert, du bist nicht komisch.» Denn der tölpelhafte Robert war mit dieser Bemerkung mal wieder ins Fettnäpfchen getreten, sparte doch seine Mutter auf Teufel komm raus. Obwohl sie aus reichem Haus stammte, war bei ihr Schmalhans Küchenmeister, und sie hielt Butterbrote für Kinder trotz des Spruchs: «Salz und Brot macht Wangen rot, Brutterbröter machen sie noch viel röter» für äußerst ungesund. Daher wurde auch ihr die nicht mehr ganz neue Anekdote jener geizigen Hausfrau angedichtet, deren Jagdessen man höflich als frugal umschrieb: Bei einem dieser Diners gab es für jeden Jagdgast abgezählt, wenn auch auf viel Silber, einen Klops. Die Jagdgäste, die stundenlang über gefrorene Äcker und durch Schonungen gestolpert waren, maßen sich gegenseitig mit hungrigen Blicken, als ein einziger übrig blieb. In dem Augenblick brannte eine Sicherung durch. Das Licht ging aus, und ein wahnsinniger Schrei ertönte. Als das Licht wieder anging, steckten zwölf Gabeln in einem Handrücken.

Der Favorit war natürlich Roberts ältester Bruder, dem die Mädchen bereits hinterherschluchzten, als er kaum sechzehn war, die sich aber dann mit dem Zweitältesten zufrieden geben mussten. Auch der dritte Bruder konnte sich über seinen Erfolg bei der

Damenwelt nicht beklagen, wenn es auch nicht gerade die Sorte Mädchen war, der alle Jungen hinterherhechelten. Von Robert nahmen sie nur Notiz, wenn eine einen Laufburschen brauchte oder um ihr Herz auszuschütten: «Männer sind ja so gemein!» Dass sie ihn im gleichen Augenblick stehen ließ und mit strahlendem Gesicht auf einen der älteren Brüder zueilte, nahm er als selbstverständlich hin. Vergeblich hegte er die stille Hoffnung, der Jüngste würde irgendwann seinen Platz als Hackhuhn einnehmen. Aber der blieb nun mal der Kleine, und seine Streiche waren zu kindisch, um die großen Brüder einschreiten zu lassen – die Waschfrau im Keller einsperren, jüngere Kusinen ärgern oder ihre Lieblingspuppe verstecken, so dass sie klagend durch die Räume irrten: «Mein Püppi, mein Püppi!» –, da zogen sie höchstens die Augenbrauen hoch oder schnalzten missbilligend mit der Zunge. Er hingegen hätte für solche Taten ganz schön Senge bezogen. Aber mit dem Kleinen verfuhr man grundsätzlich milde und gab ihm höchstens einen freundschaftlichen Klaps. Robert jedoch bekam alle Augenblicke zu hören: «Nimm die Brille ab», was so viel hieß wie: «Jetzt kriegst du eine gescheuert.»

Dabei hätte Robert in einer anderen Familie oder als Einzelkind durchaus eine Chance gehabt, etwas Besonderes zu sein. Er war nicht nur ein gut gewachsener Junge mit freundlichen braunen Augen, einer durchaus wohlgeformten Nase und hübsch anliegenden Ohren, er war auch sehr musikalisch, spielte recht gut Klavier und besaß eine angenehme Stimme, die der Chorleiter als wunderbar kräftig bezeichnete, die aber in der Familie eher Missfallen erregte: «Mein Gott, Robert, was brüllst du wieder herum!» Die Klavierlehrerin versuchte, seine Mutter von seinem beachtlichen Talent zu überzeugen, lobte seinen Anschlag und seine perlenden Läufe sowie seine ausdrucksvolle Wiedergabe Bachscher Fugen. Roberts Mutter ging nicht weiter darauf ein und verabschiedete sich mit einem freundlichen: «Bachsche Fugen, wie nett.» Robert gegenüber fasste sie das Gespräch mit dem Hinweis zusammen: «Im Großen und Ganzen ist die Lehrerin einigermaßen mit dir zufrieden», denn sie ging mit Lob ebenfalls sparsam um und hielt es für ebenso schädlich wie reichliches Essen, womit sie sich im Widerspruch zu den meisten Müttern in der Familie befand, die ihre Kinder gar nicht genug preisen konnten. So war Roberts Kusine Adele nach Aussage der Eltern gerade auf dem Wege, schnurstracks eine der größten Ballerinen zu werden, die die Welt je erblickt hatte, und bei jedem Anlass hüpfte sie, gehorsam von Robert auf dem Klavier begleitet, dem verstohlen gähnenden Publikum etwas vor. Dummerweise gab es dann aber bald einen Karriereknick, an dem das arme Kind jedoch völlig unschuldig war. Es war ihr Busen, der in seiner Üppigkeit durchaus wohlwollend zur Kenntnis genommen wurde, nur vom Ballettmeister nicht. Auch bekam Robert Konkurrenz in Gestalt seiner Kusine Charlotte, die, wie man sich zuflüsterte, mehr auf die armen Tasten eindrosch, als sie mit zarter Hand zum Klingen zu bringen. Ihr Paradestück war der «Fröhliche Landmann», dessen Fröhlichkeit so lärmend war, dass der Hund winselnd bat, hinausgelassen zu werden. Mit fortschreitenden Jahren und den sehnsüchtig erwarteten ersten Rasurversuchen fanden seine Brüder Roberts musikalisches Talent plötzlich doch recht brauchbar, womit sie natürlich nicht Bachsche Fugen meinten, sondern alles, wonach sich tanzen ließ. Robert, glücklich darüber, endlich einmal von Nutzen zu sein, wandte sich von da an ganz der leichten Muse zu und begleitete sein Spiel mit seiner angenehmen Stimme, die nun nicht mehr der Klassik diente oder dem Volkslied, sondern mehr den gängigen Schlagern. Dabei sah er seinen Brüdern zu, wie sie sich, ihre Kusinen im Arm, im Wohnzimmer unter viel Gelächter im Kreise drehten, wobei Kusine Adeles Busen keineswegs als störend empfunden wurde.

Robert machte sein Abitur und verschwand ohne viel Aufsehen als Offiziersanwärter bei der Infanterie und nicht etwa bei den gesellschaftlich bevorzugten Truppenteilen wie Panzerjäger oder Luftwaffe. Doch mit dem Tage seiner Verwundung änderte sich das Desinteresse seiner Umgebung an ihm schlagartig. Die gesamte Verwandtschaft kam anmarschiert und ließ es sich nicht nehmen, Robert einen tapferen Burschen zu nennen. Selbst die schicken Freundinnen seiner Brüder tätschelten liebevoll seine Hand und hauchten ihm einen Kuss auf die Stirn. Anfang des Krieges waren Gefallene und Verwundete noch überschaubar, und so wetteiferte man miteinander, um es den Soldaten im Lazarett so angenehm wie möglich zu machen. Der BDM kam anmarschiert, legte ihm einen schon leicht verwelkten Feldblumenstrauß auf die Bettdecke und schmetterte die «Blauen Dragoner» durchs Zimmer, bis die Schwester die Tür aufriss und tadelte: «Mädels, geht's nicht ein bisschen leiser?» Frauen der NSV brachten Selbstgebackenes, schüttelten sein Kopfkissen auf, strichen die Bettdecke glatt und kamen dann sehr schnell auf ihre eigenen tapferen Söhne zu sprechen. Robert nahm alles mit staunenden Augen und voller Dankbarkeit hin, verschwieg aber klugerweise, dass es nicht der Feind gewesen war, der ihm die vielen Blessuren zugefügt hatte, sondern die eigene Artillerie mit einem fehlgeleiteten Geschoss, und dass die vorzeitige Beförderung zum Leutnant eine kleine Entschädigung dafür war.

Als er endlich wieder einigermaßen zusammengeflickt war, brachte man ihn in seiner Heimatstadt auf einer Dienststelle der Wehrmacht unter, wo er nicht gerade in Arbeit versank. Im Laufe des Krieges fielen nacheinander seine älteren Brüder, und der jüngste wurde, gerade erst ein paar Wochen Soldat, in Russland vermisst. Robert war nun nicht mehr nur einfach da, sondern wurde für die Familie als gesellschaftliche Stütze unentbehrlich, für Hochzeiten und andere Feste, als Tischherr oder Brautführer, denn

Männer waren Mangelware geworden. Trotz seiner schweren Verwundung entpuppte er sich als ein exzellenter Tänzer und charmanter Unterhalter, dem Komplimente nur so von den Lippen flossen – «Gnädiges Fräulein tanzen wie eine Feder!» Wieder kam ihm sein musikalisches Talent zugute, und es wurde begeistert begrüßt, wenn er sich ans Klavier setzte und sang: «Haben Sie schon mal im Dunkeln geküsst?» oder: «Ich dacht', Sie wären frei, Fräulein, da ist doch nichts dabei, Fräulein.» Ja, um Robert riss man sich geradezu. Er war einfach phänomenal und seine letzte Damenrede entzückend. Er eilte von einem Fest zum anderen, entwarf Hochzeitszeitungen, zeigte sich hilfreich in der Beschaffung von Alkohol und anderen nur mit Beziehungen zu erwerbenden Dingen und war dazu ein einfühlsamer Tröster junger Kriegerwitwen, bei denen seine geliebte klassische Musik endlich wieder zur Geltung kam.

Über Roberts eigenes Leben machte sich kaum jemand Gedanken. Dass er hin und wieder für mehrere Wochen in einem Krankenhaus verschwand und deshalb für die Familie nicht greifbar war, wurde eher als eigenes Missgeschick denn als Unglück für Robert betrachtet. Selbst seine Amouren – hatte er überhaupt welche? – fanden nicht das sonst übliche Familieninteresse. Und wenn das Gespräch wirklich mal darauf kam, stellte man jedes Mal fest, von einer festen Freundin sei nichts bekannt, versäumte aber nicht hinzuzufügen, «stille Wasser sind tief», worüber man ein wenig lachte. Die schwere Verwundung war natürlich kein Pappenstiel für den armen Jungen, aber im Großen und Ganzen ging es ihm doch beneidenswert gut. Nach dieser Feststellung wandte man sich anderen, sehr viel ernsteren Themen zu, die vom Krieg handelten und über die man mit scheuen Seitenblicken nur flüsternd reden konnte.

Zunächst brachte auch der Frieden für Robert keine wesentliche Änderung. Es ging ihm den Umständen entsprechend weiterhin gut. Er hatte sich mit seiner Dienststelle noch rechtzeitig vor dem Einmarsch der Russen absetzen können und es inzwischen ohne große Anstrengung zum Hauptmann gebracht. Mit seiner Pension, die er nun in voller Höhe bekam, konnte er durchaus zufrieden sein, und er war weiterhin in der Verwandtschaft gefragt. Sobald man nach all dem Schrecken wieder ein wenig Fuß gefasst hatte, versuchte man, so gut es ging, hier und da dem Leben mit bescheidenen Feiern wieder ein wenig Glanz zu geben. Aber Männer blieben weiterhin knapp, waren gefallen oder in Kriegsgefangenschaft, und Robert war als Notnagel überall willkommen. Doch je mehr sich die Zeiten besserten, umso weniger brauchte man ihn. Nach und nach geriet er in Vergessenheit. Ab und an fragte mal jemand: «Was macht eigentlich Robert? Wie geht es ihm?», und bekam die desinteressierte Antwort: «Robert? Sehr gut. Er soll jetzt viel auf Reisen sein. Hat ja auch einen ordentlichen Batzen Lastenausgleich bekommen und dann die Pension.» Nein, um Robert musste man sich nun wirklich keine Sorgen machen, wenn man ihn auch zugegebenermaßen schon lange nicht mehr gesehen hatte. Die neue Zeit war einfach zu aufregend: Eiserner Vorhang, Atomkraft: nein danke, Flower Power, Minirock und die ewigen Auseinandersetzungen mit den aufmüpfigen Kindern und ihren dummen Sprüchen – «Wer einmal mit derselben pennt, gehört schon zum Establishment» –, die dauernd an den Amerikanern herummeckerten, wo doch jeder froh war, nicht bei den Russen, sondern in der amerikanischen Zone gelandet zu sein. Auch die Familienanekdoten hatten allmählich Patina angesetzt, die Geschichte von der Weihnachtsgans, die unterwegs abhanden gekommen war, so dass den erwartungsvollen Empfänger ein leeres Paket erreichte, in dem sich nur ein Zettel mit der Botschaft befand: «Vom Feindflug nicht zurückgekehrt», oder die Geschichte mit den zwölf Gabeln. Robert mit seiner altmodischen Art – «Gnädiges Fräulein tanzen wie eine Feder!» – und seiner sanften, inzwischen etwas brüchig gewordenen Stimme, mit der er, vom Klavier begleitet, den «Armen Gigolo» zum Besten gab, war nicht mehr gefragt. Nur einmal klingelte mehrere Tage hintereinander bei ihm das Telefon. Kusine Adele, die gescheiterte Ballerina, hatte Mann und fünf Kinder im Stich gelassen und war mit einem Hippie durchgebrannt, und Robert sollte als Einziger von dieser Affäre gewusst haben. Der ahnungslose Robert, der

Jahre nichts von dieser interessanten Kusine gehört hatte, nicht einmal wusste, dass sie verheiratet war, gab sich geheimnisvoll diskret, weshalb man ihn einerseits lobte, andererseits aber fürchterlich langweilig fand.

Doch dann passierte etwas, was niemand mehr erwartet hatte: Er heiratete, und noch dazu eine dreißig Jahre jüngere Frau. Kaum hatte man seine Anzeige gelesen, bekam er die ersten Einladungen. Schließlich war es wichtig, diesem neuen Familienmitglied ein wenig auf den Zahn zu fühlen. Männer in Roberts Alter machten sich leicht zum Narren und bekamen gar nicht mit, dass eine es nur auf Versorgung abgesehen hatte. Doch dann fand man die junge Frau eigentlich recht nett und rührend um seine Gesundheit besorgt. Zu sehr, wie Robert fand, der sich deswegen bereits ein Jahr später wieder von ihr trennte, was wiederum ein Grund war, ihn zur Kenntnis zu nehmen und in größerem Rahmen einzuladen. Dummerweise war nur so viel aus Robert herauszubekommen, dass er nicht die Absicht habe, sein Leben mit einer Art Krankenschwester zu teilen. Dafür redete er umso mehr über seine Reisen und hielt den Gästen Dutzende von Fotos irgendwelcher Altertümer unter die Nase, für die sich niemand so recht begeistern konnte. Ruinen hatte man in diesem Kriege ja nun wirklich genug gesehen. Erst eine auf ihn angesetzte, sehr gewandte Kusine schaffte es, ein wenig mehr über seine Ehe aus ihm herauszuquetschen, was natürlich sofort die Runde machte: «Einfach überfordert, der gute Junge. Sie war eine von den Unersättlichen, ihr wisst schon, was ich meine. Beim Mittagessen, wenn er den Mund voller Tafelspitz hatte, ist sie aufgesprungen und wollte geküsst werden. Und seine geliebten Bachschen Fugen versetzten sie eher in Ekstase, anstatt beruhigend zu wirken. Dazu musste er am Tage literweise Wasser trinken, unter ihrer Anleitung turnen und dem Alkohol entsagen: ‹Liebling, denk an deine zerschossene Leber.›»

Doch sehr bald schlief das Interesse an dem guten Robert wieder ein und kehrte erst zurück, als Grammophon und Plattenspieler längst in den Ruhestand getreten waren, die Beatles zu Oldies wurden und man seine Generation Senioren nannte, für die man im Radio Evergreens spielte und denen man zum Geburtstag Biografien schenkte, die von ihrer Jugend und dem Krieg handelten. Auf einmal war Robert wieder gefragt. Auch wenn man jung und dynamisch blieb, wanderte man nun wieder gern die altvertrauten Pfade, wobei man den heiteren Strecken den Vorzug gab und sich ungern in Gegenden verirrte, wo Schreckliches auf einen wartete. Robert war dabei ein wirklich angenehmer Wegbegleiter, zumal auch jetzt wieder, wie im Krieg, die Männer von der Bildfläche verschwanden oder, wie es ein schon sehr verkalkter Onkel nannte, zur großen Armee abgerufen worden waren. Freundschaftlich schlug man ihm auf die Schulter: «Na, altes Haus, gibt es dich auch noch.» Man sprach von seinen

Brüdern und von seinen Eltern und kam, weil Takt in der Familie nicht sehr stark ausgeprägt war, dabei unweigerlich auf die seiner Mutter zugeschriebene Jagdgeschichte zu sprechen: «Weißt du noch? Zwölf Gabeln steckten in einem Handrücken!» Robert lachte herzlich. Man hatte ihm seinen Stammplatz wieder eingeräumt.

Das gute Kind

Der Schock seines Lebens traf Wilfried an einem Spätnachmittag im Herbst auf dem Zebrastreifen. In Sekundenschnelle hatte ein Kurierfahrer den eben noch rüstigen Achtzigjährigen in ein hilfloses Menschenbündel verwandelt, das erst durch die bohrenden Fragen nach seiner Krankenkasse wieder zu sich kam. Glücklicherweise hatte Nichte Lottchen, das gute Kind, dafür gesorgt, dass er die Scheckkarte seiner Krankenkasse ständig bei sich trug, denn die war inzwischen wichtiger als der Personalausweis. Und so lallte er: «Jackett, Seitentasche.» Als die Schwester befriedigt damit abzog, sah er sich verwirrt um. Eine völlig neue Welt tat sich vor ihm auf. Offensichtlich war er im Krankenhaus und in einem Fünfbettzimmer gelandet, in dem jedoch nicht etwa angemessene Ruhe herrschte, sondern geschäftiges Treiben. Der Fernseher an der Decke füllte den für die Nacht abgedunkelten Raum durch seine ständig wechselnden Bilder mit fahlen Blitzen, die Wilfried an Mündungsfeuer der Artillerie erinnerten. Sein Bettnachbar zur Rechten bearbeitete einen Laptop;

der zur Linken, der, wie Wilfried später erfuhr, vom Bett aus eine kurdische Demonstration geleitet hatte, zischte Befehle in sein Handy. Ihm gegenüber lag ein stöhnender Farbiger, der von seiner tränenüberströmten Freundin lautstark getröstet wurde, und aus dem fünften Bett ertönten stampfende Rhythmen aus einem Walkman. Wilfried gab schnell auf, diesen verwirrenden Eindrücken nachzugehen, und duselte, durch Beruhigungsmittel losgelöst von Zeit und Raum, weiter vor sich hin. Nur einmal musste er plötzlich lachen, als ihm durch den Kopf schoss, wie seine Schwester alles, was ihr widerfuhr, egal, was es war, mit der Redewendung: «Der Schock meines Lebens» quittierte. Da hätte sie mal heute dabei sein sollen!

Der erste Schock ihres Lebens war er selbst gewesen. Von mütterlichen Regungen für das Baby, wie sie von einer älteren Schwester erwartet wurden, war bei ihr keine Rede, obwohl die Eltern sich alle Mühe gaben, drohende Konkurrenzgefühle mit einem neuen Puppenwagen im Keim zu ersticken. Auch durfte sie ihm die Flasche geben und zusehen, wie er gebadet, gepudert und gewindelt wurde. Aber die heimliche Hoffnung der Eltern, ihre Zuneigung zu dem kleinen Bruder dadurch zu wecken, erfüllte sich nicht. Es endete damit, dass sie ihm die Flasche wegriss, den Nuckel entfernte und die Milch ruck, zuck selbst austrank. Auch erwies es sich als gefährlich, sie mit ihm allein zu lassen, denn sie wurde eines Tages dabei erwischt, als sie das Baby weit aus dem Fenster

hielt, um es ihren staunenden Freundinnen im Vor-
garten zu zeigen, wenn auch diesmal in der eher lo-
benswerten Absicht, mit dem Brüderchen anzuge-
ben. Die Familie aber wohnte im vierten Stock, und
Wilfrieds Mutter erlitt bei dieser Gelegenheit ihrerseits den Schock ihres Lebens.

Der Schwester jedoch wurden im Verlaufe ihrer
Jugend noch viele Schocks zuteil – von einer zu
starken Dauerwelle versengte Haare, ein verloren
gegangener Liebesbrief und ein durch Wilfrieds
Schuld kaputtgegangener Knirps, in damaliger Zeit
noch eine Kostbarkeit. Er hatte mit ihm im Park in
einem Graben Arche Noah gespielt, und der aufge-
spannte Schirm war dabei samt den von seinem Bau-
ernhof stammenden hölzernen Schafen, Kühen und
Pferden im Modder versunken. Wie immer, ging sie
zur Strafe nicht gerade zimperlich mit ihm um.

In seinem Krankenhausbett stöhnte Wilfried leise,
ihm war, als spüre er ihre Püffe und Kniffe noch
heute, so zerschlagen fühlte er sich. Doch das wirkliche Martyrium begann erst am nächsten Tag. Er
wurde noch einmal von allen Seiten beklopft, betas-
tet und auf einer schmalen Bahre in rasendem
Tempo durch im Neonlicht gleißende Flure gefahren und in Fahrstühle geschoben, bis er schließlich
in einem mit Apparaten gespickten Raum landete,
wo er, auf eine eisige Platte gelegt und in verrenkter
Haltung, fast in Todesstarre auszuharren hatte
und den knappen Befehlen der Röntgenassistentin
folgen musste: «Einatmen, ausatmen, nicht mehr

atmen, weiteratmen!» Die Rippen wurden bepflastert, das rechte Knie gerichtet, ein Handgelenk gegipst.

Er war nun in ein kleineres Zimmer umquartiert worden. Aber auch hier ging es, wenn auch auf andere Weise, zu wie im Taubenschlag und genauso international. Indonesier, Afghanen, Türken, Polen gaben sich, im Dienste der Kranken, geschäftig die Klinke in die Hand, beäugten ihn stirnrunzelnd, sich gegenseitig zunickend, von allen Seiten, zogen ein Augenlid herunter, ordneten seine Bettdecke, schüttelten das Kopfkissen auf, schoben ihm ein Fieberthermometer in den Mund, reinigten das unbenutzte Waschbecken oder fuhren mit einem Schrubber unter seinem Bett entlang. Kräftige, zarte, dickfingerige Hände entnahmen ihm literweise Blut, maßen den Blutdruck und prüften die Verbände.

Allmählich kehrte seine Erinnerung zurück, und er fuhr vor Schreck zusammen. Was, um Gottes willen, war aus seinem Hund geworden? Er umklammerte den schlanken, cremefarbenen Arm der gerade an ihm hantierenden Schwester und rief: «Was ist mit Fiepchen?»

Die zierliche Koreanerin zwitscherte in einer Blättersprache beruhigend auf ihn ein. «Nix aufregen. Vogel bestimmt bei Nichte!»

«Nix Vogel! Hund!», rief Wilfried. Seine Stimme überschlug sich, so dass der sonst so schweigsame Bettnachbar erschreckt: «Mann!» ausrief.

«Oh, Hund!» Die junge Schwester lächelte begütigend. «Ich verstehen. Hund auch bei Nichte.» Ihre sanfte Stimme, ihre ruhigen Bewegungen, ihr freundliches Lächeln erwärmten sein Herz. Was für ein zauberhaftes Geschöpf! Wahrscheinlich hatte sie Recht, und Fiepchen war bei Lottchen, die sicher längst wusste, wo er war, denn er trug ihre Telefonnummer und Anschrift ständig bei sich.

Eigentlich machte er sich nichts aus dem Hund. Er war durch Zufall bei ihm hängen geblieben. Die Nachbarin hatte ihn für ein paar Stunden bei ihm abgegeben und war dann, wie er, einem Verkehrsunfall zum Opfer gefallen, allerdings einem tödlichen. Niemand von ihren Angehörigen legte auch nur den geringsten Wert auf das Tier, und zu seinem eigenen Erstaunen hatte er es nicht fertig gebracht, Fiepchen in ein Tierheim zu bringen, wo er bei seiner Hässlichkeit wahrscheinlich kein neues Zuhause gefunden hätte. Eine Schönheit war er wirklich nicht. Ziemlich klein geraten, sah er mit seinem in die Luft gereckten buschigen Schwanz, den spitzen Ohren und den hüpfenden Bewegungen halb wie ein Fuchs, halb wie ein Eichhörnchen aus. Trotz mangelnder Zuneigung sorgte Wilfried einigermaßen für ihn, wenn er auch als Futter die Reste von seinen Mahlzeiten für gut genug befand, so dass Fiepchen notgedrungen ab und an einen Diättag einlegen musste, wenn es Bohnen oder Spargel gab. Auch Bewegung bekam er nur, wenn es Wilfried selbst nach einem Spaziergang gelüstete, was nicht allzu häufig der Fall war. Glücklicherweise wurde dieses etwas kritische Problem durch das Nachbarskind gelöst, das Fiepchen unbedingt ausführen wollte, was er ihm gnädig erlaubte. Auch Streicheln und andere Zärtlichkeiten fand er für Fiepchen völlig unangebracht. Trotzdem begrüßte ihn der Hund jedes Mal, wenn er nach Hause kam, mit stürmischer Liebe. Er war ein unruhiges Tier, das ständig durch die Wohnung schnüffelte und im Schlaf aufgeregte, fiepende Töne von sich gab und deshalb oft zur Ordnung gerufen werden musste. Trotzdem hätte Wilfried ganz gern gewusst, ob der Hund bei dem Sturz ebenfalls zu Schaden gekommen war. Vage erinnerte er sich an ein lautes Jaulen, als er hilflos auf dem Zebrastreifen lag. Ärgerlich dachte er an Lottchen. Sie hätte sich nun wirklich längst mal blicken lassen können.

Wie auf ein Stichwort, betrat die von ihm Gescholtene im gleichen Moment das Krankenzimmer. Sie war das einzige Familienmitglied, das er noch besaß, und sie vergötterte ihn. Mit einem mürrischen «Wie schön, dass man dich auch mal sieht» begrüßte er sie.

Sie sah ihn verdutzt an. «Aber ich war doch schon zweimal hier. Das hast du wohl nicht so recht mitbekommen.»

Er betrachtete sie missmutig, während sie sich einen Stuhl heranschob. Auf den ersten Blick war sie der Abklatsch seiner Schwester, aber bei genauerem Hinsehen merkte man, dass sie ihrer hübschen Mutter nicht das Wasser reichen konnte. Lottchens Gesicht glich dem eines Wachsengels, der zu nah an einer Kerze gestanden hatte. Alles, was einmal ebenmäßig angelegt war, schien zerflossen zu sein. Auch ihr Untergestell war zu breit und weich geraten, und ihre kurzen Beine konnten sich nicht mit den schlanken ihrer Mutter messen. Dazu hatte sie eine Vorliebe für merkwürdige Kopfbedeckungen. Diesmal war es etwas Gehäkeltes in Braun, das wie ein Kuhfladen auf ihrem Kopf lag. Aber sie war ein gutes Kind, das mal wieder an alles gedacht hatte, sogar daran, dass er nur Milchschokolade aß, wenn er auch kurz darauf missbilligend feststellte, dass es die falsche Marke war. Er mäkelte deswegen gleich herum, doch mit Vorsicht, denn er wusste, dass er ohne sie ziemlich verloren war, besonders jetzt.

Während Lottchen von ihrer Arbeit erzählte – sie war als Laborantin der Forschungsabteilung eines großen Werkes unermüdlich hinter Mikroben und Bakterien her –, grübelte er wieder einmal über seine Schwester nach, die ihm ständig zu verstehen gegeben hatte, was für ein kleiner Idiot er doch war, und ihn heruntergeputzt hatte, wo sie nur konnte. Trotzdem war er dauernd hinter ihr hergedackelt und hatte sie bewundert. Nur ganz selten war er von ihr in Schutz genommen worden. Einmal, in der Sommerfrische, vor dem Gänserich, der zischend vor ihm stand, so dass er sich keinen Schritt weiter traute und zu heulen anfing. Da war sie angelaufen gekommen und hatte dem Gänserich eins mit der Gerte versetzt, ihren Bruder bei der Hand genommen, war mit ihm ins Haus gegangen und hatte hinter dem Rücken der Mutter ein Stück Marmorkuchen für ihn zum Trost stibitzt. Ein andermal war die Situation schon sehr viel prekärer gewesen, als ihm auf dem Weg zum Kaufmann das Geld zum Einkaufen verloren gegangen war und er sich nicht nach Hause traute, denn seine Mutter fackelte nicht lange, und er musste sich auf ein paar Ohrfeigen gefasst machen. Unschlüssig trieb er sich auf der Straße herum, wo ihn seine Schwester fand und zur Rede stellte. Wortlos hörte sie sich sein Gestammel an, und diesmal setzte sie ihn wirklich in Erstaunen: Sie plünderte ihr Sparschwein für ihn. Aber das war wirklich eine große Ausnahme gewesen. Meist zankten sie sich herum, und er beklagte sich bei seiner Mutter über ihre Gemeinheiten. Doch er fand nicht das gewünschte Verständnis.

«Ihr seid einer wie der andere», sagte sie, verärgert darüber, dass der Vater ihr zum Geburtstag anstatt des ersehnten Kostüms einen Einwecktopf geschenkt hatte. «Egoisten von der schlimmsten Sorte. Wie oft habe ich dich gebeten, deine kranke Tante einmal im Krankenhaus zu besuchen. Aber nein.»

Er war richtig gekränkt gewesen. «Das ist doch nur was für Frauen, und Trudel geht ja auch nicht.»

«Eben», sagte die Mutter kurz. «Da siehst du, wie ähnlich ihr euch seid. Warte nur, bis es dich mal selber trifft. Dann wirst du anders denken.»

Aber so richtig erwischt hatte es ihn eigentlich bis zu diesem Herbsttag nie. Das Schicksal war recht gnädig mit ihm verfahren. Nicht einmal im Krieg hatte er besonders viel durchgemacht. Er hatte es auch in dieser Zeit angenehm gehabt, erst in Frankreich, später dann in Norwegen. Die englische Gefangenschaft war nur kurz gewesen, und auch der Anblick seines zerbombten Elternhauses hatte nicht den «Schock seines Lebens» ausgelöst. Die Familie war rechtzeitig evakuiert worden, und es wäre bei seiner durch Bombenangriffe völlig zerstörten Straße ein Wunder gewesen, wenn das Elternhaus als Einziges nichts abbekommen hätte. Seine Scheidung setzte ihm da schon etwas mehr zu, vor allem, weil seine Frau ihn einen kaltherzigen, egoistischen Menschen nannte und behauptete, dass er allein die Schuld an diesem Desaster trage. Sein Beruf – er war Prokurist in einer kleinen Firma – hatte ihn weder sehr interessiert noch besonders gelangweilt, so wie es auch sein Rentnerdasein nicht tat, in dem es kaum Höhen und Tiefen gab. Einmal im Monat ein Opernbesuch, wobei er dem Ballett den Vorzug gab, einmal in der Woche ins Kino, hin und wieder ins Museum und hier und da eine kleine Reise. Mehr spielte sich in seinem Leben nicht ab. Trotzdem war er nicht unzufrieden. Mit seiner Gesundheit hatte er keine Probleme, er schlief ausgezeichnet, aß mit Appetit, und das Einzige, was ihm auffiel, war, dass mit zunehmendem Alter die Zeit immer schneller zu vergehen schien. Kaum war man aufgestanden, musste man sich schon wieder zum Schlafengehen fertig machen. Der kleine Freundeskreis schmolz immer schneller zusammen, und es gab immer mehr

Witwen, die getröstet werden wollten, etwas, wofür er, wie er fand, wenig geeignet war. Die Schwierigkeiten anderer Leute interessierten ihn nicht. Er selbst wurde ja auch gut allein mit seinen eigenen fertig – bis zu diesem Unfall, der alles Bisherige außer Kraft setzte und ihn in eine völlig neue Lage gebracht hatte. Jetzt schien alles auf dem Kopf zu stehen. Schon allein der Tagesablauf: um fünf Uhr Wecken, um halb zwölf Mittagessen und um sechs Abendbrot. Von einer Sekunde auf die andere hatte man sein Zimmer mit völlig Fremden zu teilen, was er seit seiner Soldatenzeit nicht mehr getan hatte. Bei dem ständigen Beklopft-, Gedreht- und Gewendetwerden kam er sich vor wie ein defektes Auto auf dem Prüfstand, und wenn ein ganzes Ärzteteam schweigend auf ihn herunterstarrte, fielen ihm jedes Mal Lottchens Mikroben unter dem Mikroskop ein, von denen sie so gern und angeregt berichtete. Die sonst so schnell vergehende Zeit dehnte sich im Krankenhaus ins Endlose, und er konnte weiß Gott nicht sagen, dass sich die Besucher die Klinke in die Hand gaben. Gelegentlich ließ sich eine der Witwen blicken oder auch mal eine Nachbarin.

Seine Entlassung zögerte sich immer wieder hinaus. Das operierte Knie hatte sich entzündet, er bekam starke Schmerzen und Fieber, so dass er noch einmal operiert werden musste. Aber auch der übrige Körper war recht marode geworden. Es zwickte und zwackte an allen Enden. Die Tage schlichen dahin, und in dem Dreibettzimmer wechselten alle Augenblicke die Patienten, so dass man jedes Mal fürchten musste, irgendjemanden hineinzubekommen, der den Aufenthalt noch unerträglicher machte. Einmal war es ein junger Mann, den es vom Motorrad geschleudert hatte, der aber trotzdem bald so putzmunter war, dass seine jungen Besucher und er das Zimmer mit dröhnendem Lachen füllten. Auch begann es ihn mehr und mehr zu stören, dass man es anscheinend für passend hielt, Kranke grundsätzlich im Plural anzureden: «Wie fühlen wir uns denn heute?»

«Wie Sie sich fühlen, weiß ich nicht», hatte Wilfried darauf geantwortet und es mit der Schwester prompt verdorben. Aber die meisten Schwestern fand er sowieso unerträglich wichtigtuerisch und bestimmend. Die einzige Ausnahme war die kleine Koreanerin, die seinen Hund für einen Kanarienvogel gehalten hatte und längere Zeit in einem bayrischen Krankenhaus gewesen war. Ihr fröhliches «Grieß Gott, Meister!» entlockte ihm jedes Mal ein Lächeln. Er bat deshalb Lottchen, ihm eine Flasche Parfüm für sie mitzubringen, aber nicht das Übliche, sondern etwas Besonderes. Lottchen gab sich redlich Mühe, etwas Exquisites zu finden. Zumindest was die Verpackung betraf, sah es außerordentlich kostbar aus. Eine Brillantbrosche hätte keine elegantere Hülle finden können. Und die Freude, die die junge Schwester zeigte, tat ihm wohl. An ihren freien Tagen vermisste er sie sehr, aber der Schock seines Lebens traf ihn, als sie plötzlich wegblieb und er hören musste, dass sie gekündigt hatte.

Wilfried versank in Schwermut und empfand plötzlich, nach so vielen Jahren, Mitgefühl für seine Schwester, die Knall auf Fall von ihrem Freund verlassen worden war, als dieser hörte, dass sie ein Kind erwartete – der wohl wirklich größte Schock ihres Lebens. Aber viel gekümmert hatte sie sich um ihre Tochter nicht. Sie hatte sie mehr und mehr den Großeltern überlassen und war eines Tages verschwunden. Das gute Kind hatte später seine Großeltern rührend gepflegt und nach deren Tod ihre Liebe ganz auf den einzigen Onkel konzentriert, obwohl er sie ziemlich herablassend und gönnerhaft behandelte. Gelegentlich lud er sie zum Mittagessen ein und nahm sie mit ins Kino, wobei er hinterher stets das angenehme Gefühl hatte, ihr ein wirklich guter Onkel zu sein.

Da saß sie nun an seinem Bett und versuchte, ihn ein wenig aufzumuntern, indem sie über grauenvolle Bakterien berichtete, die imstande waren, die ganze Menschheit auszurotten. Aber alles, was außerhalb seines Krankenhausalltags lag, war für ihn nicht mehr von Interesse. Er beklagte sich lieber über das schlechte Essen, über die Kurpfuscher von Ärzten und unfreundlichen Schwestern, die nie Zeit für die Patienten aufbrachten. Lottchen hörte sich seine Klagen geduldig an, ließ ihn reden, nickte zustimmend und strickte dabei eine Scheußlichkeit nach der anderen. Er betrachtete sie schlecht gelaunt. Wie unattraktiv sie doch war! Und kein Freund weit und breit in Sicht. Sie konnte von Glück sagen, wenigstens noch einen alten Onkel als männlichen Ansprechpartner zu haben. Er versank in Schweigen und sehnte sich mehr und mehr nach seiner Wohnung und Fiepchen zurück, der ihm plötzlich als das Kostbarste erschien, was er je besessen hatte. Er nahm sich vor, den Hund mehr zu verwöhnen, ihn häufiger mal zu streicheln und ihn auf den Schoß zu nehmen. Sein überschaubares, wenig abwechslungsreiches früheres Leben erschien ihm jetzt wie ein Paradies, aus dem er verstoßen worden war. Das einzige gemeinsame Thema, das Lottchen und er hatten, war nun Fiepchen. Sie hatte inzwischen den Hund in ihr Herz geschlossen und berichtete ihm gern über seine eigenartigen und drolligen Angewohnheiten, etwa, seinen Quietschball wie ein Osterei für sie an den merkwürdigsten Stellen, einmal sogar unter ihrem Kopfkissen, zu verstecken, ihrem Suchen schwanzwedelnd zuzusehen und sich halbtot zu freuen, wenn sie ihn gefunden hatte.

Endlich, endlich war es so weit, er sollte entlassen werden. Als ihm der Arzt die Freudenbotschaft verkündete, weinte er fast vor Glück, obwohl er immer noch nur mühsam humpeln konnte. Lottchen, das gute Kind, holte ihn ab und brachte ihn in seine Wohnung, die mit Blumen geschmückt war und vor Sauberkeit glänzte. Fiepchen wartete bereits. Doch zu seiner großen Enttäuschung hatte der Hund nichts mehr mit ihm im Sinn. Die Einzige, die er stürmisch begrüßte, war Lottchen. Vergeblich versuchte Wilfried, ihn zu locken. Der Hund wich seiner Hand aus, ja, er begann sogar, leise zu knurren. Und als Lottchen sich setzte, sprang er ihr auf den Schoß. Wilfried musterte sie finster. Kein Zweifel, sie hatte ihm die Liebe seines Hundes gestohlen. Und war nicht ein schadenfrohes Funkeln in ihren Augen, wie er es oft genug bei ihrer Mutter gesehen hatte? Doch Lottchen zeigte keinerlei Schadenfreude. Sie legte ihre Hand tröstend auf seinen Arm. «Du wirst sehen, er wird sich schnell wieder an dich gewöhnen. Es war eben eine lange Zeit.» Sie tat einen tiefen Seufzer. «Aber ich werde ihn schon sehr vermissen.»

«Du bist wirklich ein gutes Kind», sagte Wilfried gerührt, und es kam ihm diesmal von Herzen. Mit Bravour sprang er über seinen eigenen Schatten. «Ich schenk ihn dir.» Wobei sich Dankbarkeit und die kühle Überlegung, dass er sie wesentlich mehr als früher brauchte, mischten.

Sie umarmte ihn stürmisch, als hätte er ihr gerade eine Reise in die Karibik geschenkt. «Das willst du wirklich tun?»

Ihre Reaktion erleichterte ihm die Frage, die ihm schon seit einigen Tagen auf den Nägeln brannte. Er nahm ihre Hand. «Kannst du nicht vorübergehend zu mir ziehen, bis es mir wieder besser geht?»

Zu seiner Verwunderung wurde Lottchen etwas verlegen und fuhr sich nervös durchs Haar. «Da ist noch was, das ich dir sagen muss. Ich habe da jemanden kennen gelernt. Wir wollen zusammenziehen. Ich werde also nicht mehr ganz so viel Zeit für dich haben. Aber du musst dir keine Sorgen machen, ich habe alles organisiert und eine sehr gute Sozialstation gefunden. Von da kommt täglich jemand zu dir. Die Schwester ist wirklich nett. Die wird dir bestimmt gefallen. Und ich komme ja auch noch ab und zu.»

«Ab und zu?», wiederholte Wilfried mit Panik in der Stimme. «Das ist überhaupt das Schlimmste, was du mir antun kannst!»

Doch zum ersten Mal ging Lottchen nicht auf ihn ein. «Sie muss jeden Augenblick hier sein.»

Dass sie über seine Ängste so hinwegging, brachte ihn in eine sinnlose Wut. Er sagte ihr schreckliche Dinge, bei denen «törichte Person», «undankbar» und «herzlos» noch das Harmloseste war. Und um noch eins draufzusetzen, nannte er sie eine Egoistin und ein spätes Mädchen, das von Männern keine Ahnung habe und nur in sein Unheil rennen würde. «Wenn er dir die letzte Mark rausgelockt hat, kannst du wieder mit der Wärmflasche schlafen!», schrie er hasserfüllt.

Zuerst kuckte Lottchen nur erstaunt, dann erstarrte ihr Gesicht. «Bist du jetzt fertig?», fragte sie mit ungewohnt harter Stimme, als er völlig außer Atem schwieg. Sie zog ihren Mantel an und verließ wortlos die Wohnung. Zurück blieben ein völlig erschöpfter Onkel und Fiepchen, der leise winselnd, als ahne er Böses, unters Bett kroch. Erst jetzt wurde Wilfried die ganze schreckliche Tragweite seiner Unbedachtheit klar. Was würde er ohne Lottchen anfangen, ohne das gute Kind, das immer für ihn da war? Auf das er sich verlassen konnte, immer lieb, nie ein böses Wort. Ihm war ganz elend. Das gute Kind, das gute Kind. Es drehte sich ihm im Kopf, und er musste sich hinlegen.

Er war wohl eingeduselt, denn er wurde von einem kurzen Klingeln geweckt. Sein Herz tat einen Sprung. Lottchen kam zurück! Sie hatte sich eines Besseren besonnen! Er schloss erleichtert die Augen.

«Grieß Gott, Meister», sagte ein Stimmchen. Und während die Koreanerin ihm das Abendbrot richtete, beklagte er sich bei ihr über Gott und die Welt, aber vor allem über das undankbare Lottchen.

Eins rauf mit Mappe

Karin hatte ihr Leben fest im Griff, und alles war für sie nur eine Frage der richtigen Planung und der Organisation. Trotz ihrer Jugend war sie, der Zeit entsprechend, schon ganz schön herumgekommen. Sie hatte bereits vor dem Abitur mehrere Wochen bei Gastfamilien in verschiedenen Ländern verbracht, an Workshops in Griechenland, Spanien und Polen teilgenommen, hatte verrotteten Kirchen mit viel Hingabe und unzureichendem Handwerkszeug zu neuem Glanz verholfen und in Peru auf einer Sozialstation verschmutzten Babys aus den Slums den Po abgewischt. Ihr soziales Engagement wurde deshalb auch im Freundes- und Bekanntenkreis sehr gelobt. Es machte sich allerdings nur in fremden Ländern bemerkbar. In Deutschland war davon nicht allzuviel zu spüren, und als sie eine ziemlich kranke Tante, die noch dazu mit öffentlichen Verkehrsmitteln schwer zu erreichen war, im Krankenhaus besuchen sollte, sagte sie klagend: «Immer ich» und maulte so lange herum, bis die Mutter genervt darauf verzichtete.

Wie es sich für eine Studentin gehört, hatte Karin auch eine Menge Erfahrungen mit Jobs gesammelt. Sie verkaufte in einem Kaufhaus mit großem Erfolg monströses Porzellan aus einem Restposten, das der Abteilungsleiter nicht einmal zu Schleuderpreisen an eine der Verkäuferinnen losgeworden wäre. Sie akquirierte in einer Werbefirma Kunden, bis sie stockheiser war, wobei ihr von Heirats- bis zu obszönen Anträgen alles geboten wurde, was sie mit Gleichmut hinnahm. Sie verteilte, in ein Rokokokostüm gezwängt, die Straße auf und ab tigernd und vor Kaufhäusern stehend, kleine Werbegeschenke. Als leicht geschürzte Kellnerin war sie auf einem Vergnügungsdampfer, dessen Publikum ausschließlich aus Frauen bestand, staunende Zeugin einer männlichen Striptease-Show, gezeigt von Studenten, die hinter den Kulissen hitzige Diskussionen über das Für und Wider der Ökosteuer führten und sich eine halbe Stunde später wieder vor einem johlenden Publikum als Stripper betätigten. Egal, was sie tat, alle Arbeitgeber waren mit ihr sehr zufrieden. Bis auf eine hysterische Mutter, deren plärrende Tochter im Kindergarten Karin in ihrer Eigenschaft als Weihnachtsmann ein wenig heftig mit der Rute berührt hatte.

Karin war fleißig, pünktlich und zuverlässig, ließ sich von niemandem die Butter vom Brot nehmen und fand sich blendend im Behördendschungel zurecht. Sie wusste immer, an wen man sich zu wenden hatte, wie man an die preiswertesten Fahrkarten, die billigsten Flüge und die erschwinglichsten Unterkünfte herankam, und war im Internet so flink wie Kartenspieler beim Mischen. Deshalb hieß es im Familien- und Freundeskreis, wenn jemand nicht weiterwusste: «Frag Karin, die kennt sich aus.»

«Immer ich», sagte Karin. «Bin ich vielleicht ein Auskunftsbüro?» Aber im Grunde war sie geschmeichelt. Freund Rudi dagegen ging ihre penetrante Tüchtigkeit manchmal erheblich auf die Nerven. «Hattest wohl mal wieder die Weisheit mit Löffeln gefressen», neckte er sie freundschaftlich, doch nicht ohne einen gewissen gereizten Unterton, wenn sie berichtete, dass etwas im Handumdrehen geklappt hatte.

Sie sah ihn mit unschuldigen Augen an. «Wieso denn? Ich dachte, du freust dich.»

Aber dann gab es unvermutet Schwierigkeiten, und zum ersten Mal in ihrem einundzwanzigjährigen Leben lief einiges schief. Sie bekam einfach keine guten Jobs. Der Markt war wie leer gefegt.

«Wirst eben alt», frotzelte Rudi. «Der Nachwuchs ist dir schon hart auf den Fersen.»

Was leider stimmte. Zwei Achtzehnjährige hatten ihr eine lukrative Tätigkeit vor der Nase weggeschnappt. So war sie gezwungen, etwas anzunehmen, was nicht gerade ihren Neigungen entsprach: Arbeit im Haushalt. Sie hatte ein Angebot, ein altes Ehepaar zu betreuen, dessen Haushälterin krank geworden war. Dafür ließ sich die Bezahlung sehen, wobei die Nichte des Ehepaares, die das Ganze arrangierte, allerdings beim Vorstellungsgespräch betonte, dass sie einen gründlichen Hausputz erwartete, denn damit habe es seit längerem im Argen gelegen.

Notgedrungen biss Karin in den sauren Apfel. Die Altersklasse der über Achtzigjährigen war nicht gerade ihre Kragenweite, und ihr Interesse hielt sich in Grenzen. Nicht, dass sie Vorurteile gegen alte Menschen gehabt hätte. Sie waren eben da, wie Hunde, Katzen und Wellensittiche, aber leider im Überfluss. Überall wimmelten sie herum, in den Geschäften, auf den Straßen und in den Verkehrsmitteln, oft recht seltsam für ihr Alter gekleidet, besonders im Sommer: die Opas in kurzen Hosen, aus denen zwei skelettartige Beine herausstakten, die Frauen mit großzügigen Ausschnitten und nackten, nicht gerade glatten, wabbeligen Ärmchen. Aber direkten Kontakt hatte sie kaum mit ihnen. Großeltern besaß sie schon lange nicht mehr, und so wurde die Kriegsgeneration lediglich durch eine schon recht verwelkte Großtante vertreten, die früher einmal als Oberin ein Altersheim geleitet hatte. Ja, wenn die Alten noch einem aussterbenden Indianerstamm oder den Eskimos angehört hätten! Sie seufzte ihre Unentschlossenheit zu Rudi hin: «Was soll ich denn bloß machen?»

«Na, annehmen», sagte der herzlos. «Randgruppen sind doch hochinteressant. Du machst das schon. Es ist alles nur eine Frage der Planung und der Organisation.»

Sie warf ihm einen finsteren Blick zu. «Auf die Schippe nehmen kann ich mich selber.»

Und dann, um seine Gemeinheit noch zu steigern, teilte er ihr lässig seinen neuen Job mit, irgendetwas beim Fernsehen, dritter Hilfsassistent beim ersten Assistenten des Regisseurs, was Karins Laune nicht sehr verbesserte. Aber zielstrebig wie sie war, gab sie sich einen Ruck, machte mit dem Herumleiden Schluss und sagte zu. Allerdings nicht, ohne vorher mit der Großtante darüber geredet zu haben. Die kannte sich schließlich aus. Die Tante gab nur allzugern weise Ratschläge, wenn auch in der üblichen umständlichen, weitschweifigen Art, und war gar nicht mehr zu bremsen mit Geschichten aus jenen Tagen, als sie noch das Sagen gehabt hatte. Das, was sie da zum Besten gab, kam Karin jedoch vorsintflutlich vor. Wurde man tatsächlich dazu gezwungen, einmal in der Woche zu baden und gemeinsam ein Nachtgebet zu sprechen? «Disziplin und Ordnung muss nun mal sein», belehrte sie die Tante, blickte versonnen auf Karins dicken Zopf, den sie, die Haare straff aus dem Gesicht gekämmt, meist trug, und dachte daran, was für ein Theater ihr Vater gemacht hatte, als sie in Karins Alter plötzlich mit Bubikopf erschien.

Ziemlich skeptisch ging Karin nach Hause. Unter der Fuchtel dieser Tante, die, wie sie aus eigener Erfahrung wusste, schon unangenehm werden konnte, wenn man sich nicht sofort für ein Geschenk bedankte oder ihren Geburtstag vergaß, hätte sie nicht gern gestanden. Sie machte noch einen zweiten Versuch, sich zu informieren, und begleitete eine Schulfreundin zu deren schon etwas verwirrter Großmutter, die in einem Pflegeheim untergebracht war. Dort saßen die Alten, aufgereiht wie Hühner auf der Stange, im Halbkreis in der Abendsonne vor dem Heim und genossen die frische Luft, bis eine kräftige Schwester erschien und in die Hände klatschte: «Alle mal herhören! Jetzt singen wir noch ein gemeinsames Lied, und dann geht's ab in die Heia!»

Rudi, der ihrem Bericht mit mäßigem Interesse lauschte, gähnte herzhaft und sagte: «Was meine Wenigkeit betrifft, ich begebe mich jetzt auch dorthin» und verschwand. Karin blieb, gekränkt auf ihrem Zopf herumkauend, zurück und fragte sich, wie schon öfter in der letzten Zeit, ob sie sich von diesem ungehobelten Klotz, diesem egoistischen Vollidioten nicht besser trennen sollte. Eine Frage, die in der gemeinsamen Heia schnell wieder in Vergessenheit geriet.

Ein paar Tage später machte sie sich auf den Weg zu ihrem neuen Job. Das Dorf war nicht schwer zu finden und das Häuschen der Bremers auch nicht. Das Ehepaar war zwar schon reichlich klapprig, wirkte aber im Ganzen ziemlich unbeschädigt, benahm sich weder, wie im Fernsehen so oft gezeigt wurde, puppenlustig noch schrill und war vernünftig gekleidet. Der Zustand der Zimmer war allerdings weniger erfreulich. Das sah nach sehr viel Arbeit aus. Der Staub lag fingerdick auf Tisch und Möbeln, und das Wohnzimmer war voll gestopft mit Bildern und Blumentöpfen, deren Pflanzen besser auf den Komposthaufen gehört hätten. Auch die Küche war kaum ein Schmuckstück.

Das Ehepaar beobachtete wohlwollend, wie Karin ihren Koffer aus dem Auto holte. «Hübsches Mädchen», flüsterte Frau Bremer ihrem Mann zu.

«Geht so», brummte Herr Bremer mit gebotener Vorsicht. Aber seine Augen verrieten Zustimmung. Karin war eine ansehnliche Person, von der Natur mit der Modefarbe Blond versehen und den dazugehörigen blauen Augen, die manchmal etwas düster blickten. Das lag weniger an Karins Gemütsverfassung als an ihrer Angewohnheit, die Stirn zu runzeln und auf einen Punkt zu starren, wenn sie konzentriert zuhörte, so dass sie den Ruf eines ziemlich herben Mädchens hatte. Nur Rudi wusste es besser.

«Nun essen wir erst mal einen Happen», sagte Frau Bremer. «Sie werden bestimmt nach der langen Fahrt Hunger haben.»

Das Abendbrot erwies sich nicht gerade als üppig, mit bereits angegrauter Leberwurst und leicht gewelltem Schnittkäse, aber durchaus ausreichend. Zum Glück war, was das Essen betraf, Karin von zu Haus nicht verwöhnt. Beide Eltern waren berufstätig, und die meisten Mahlzeiten wurden schnell zusammengerührt. Die Unterhaltung mit den Bremers schleppte sich ein wenig dahin, über verstopfte Autobahnen, das leider in diesem Sommer wieder miserable Wetter, den frühen Herbsteinbruch und andere belanglose Themen. Sobald sie abgedeckt und die Küche aufgeräumt hatten, verzog sich Karin in ihr Zimmer, das gemütlich und sogar mit einem Fernseher ausgestattet war. «Träumen Sie was Schönes», hatte Herr Bremer gesagt, als sie sich verabschiedete. «Was man die erste Nacht im fremden Haus träumt, geht in Erfüllung.»

Und Frau Bremer sagte: «Schlafen Sie sich ordentlich aus. Mein Mann und ich sind keine Frühaufsteher.»

Zufrieden kroch Karin ins Bett. Es hätte schlimmer sein können. Die Alten waren ja wirklich recht nett. Nur, dass es so viel zu putzen gab, war lästig, und sicher würde es stinklangweilig werden. Aber das musste man eben in Kauf nehmen.

Sie schlief fest und traumlos, länger als sie sich vorgenommen hatte. Als sie endlich aufwachte, war es bereits neun Uhr. Sie zog sich in Windeseile an und ging in die Küche, um das Frühstück zu bereiten. Frau Bremer hatte ihr am Abend vorher das Nötigste gezeigt, und es war nicht schwierig, sich zurechtzufinden. Der Frühstückstisch war schnell gedeckt, Eier und Kaffee gekocht, das Brot geschnitten, Aufschnitt, Butter und Marmelade hingestellt und ein Lichtlein angezündet. Da hörte sie auch schon das Ehepaar die Treppe herunterkommen. Unter leichtem Geplänkel betraten sie das Esszimmer. «Du hättest dein Hemd ruhig einen Tag länger anziehen können», sagte Frau Bremer.

«Und du hast wieder vergessen, die Briefe einzustecken», sagte Herr Bremer.

Frau Bremer lachte. «Mein Gott, man wird ja wohl mal was vergessen dürfen.»

«Mal ist gut», brummte Herr Bremer und setzte sich.

Frau Bremer ließ ihren Blick prüfend über den Tisch schweifen, sagte zu Karin: «Wie hübsch Sie alles gemacht haben» und stellte alles blitzschnell um. Herr Bremer goss etwas ungeschickt den Kaffee ein und betrachtete danach kopfschüttelnd einen Fleck auf dem Tischtuch mit einer Bemerkung, die Karin noch oft hören sollte: «Mein Gott, wie kommt denn der hierher?» Und dann frühstückten sie in großer Gemächlichkeit. Schließlich fand sich Karin doch bemüßigt, mit ihrer Arbeit zu beginnen, und sagte: «Ich mach jetzt schon mal das Wohnzimmer.»

«Ach, seien Sie doch nicht so ungemütlich», sagte Frau Bremer. «Das hat ja noch Zeit. Erst mal fahren wir beide zum Einkaufen.»

Aber irgendwann waren auch die Einkäufe erledigt, die Lottoscheine abgegeben und erstaunlich viele Briefe eingesteckt, und Karin konnte endlich mit der Hausarbeit anfangen. Allerdings wurde sie dabei dauernd unterbrochen, denn das Ehepaar hatte sich inzwischen ein Kreuzworträtsel vorgenommen und rief alle Augenblicke Karin zu Hilfe. Es hatte Zeiten gegeben, da hatte auch sie an dieser Art von Denksportaufgaben großen Gefallen gefunden. Aber das war lange her. Trotzdem kannte sie sich noch gut aus. Sie wusste auf Anhieb den Staat in Osteuropa, den Papstbotschafter und die süße Gartenfrucht. Als sie mit dem Rätsel fertig waren, begann Herr Bremer, eine Patience zu legen, während seine Frau seufzend aufstand und sagte: «Na, dann will ich mal mit Karin im Wohnzimmer ein wenig ausmisten.»

«Tu das!», rief Herr Bremer und mischte die Karten.

Aber so recht voran kamen sie mit dem Aussortieren nicht. Frau Bremer konnte sich einfach nicht entschließen, etwas wegzuwerfen, und als sich schließlich doch ein kleiner Haufen gebildet hatte, der ausrangiert werden sollte, stammte das meiste von Herrn Bremer, der ganz außer sich geriet. Und so blieb am Ende der Aktion so ziemlich alles wieder, wo es war, einschließlich der Blumentöpfe.

Nun, fand das Ehepaar, hätten sie sich wirklich eine Belohnung verdient, und machte sich gemeinsam mit Karin über das Preisrätsel der Fernsehzeitung her. Es war ziemlich knifflig, und sie konnten es nicht zu Ende bringen, denn es war Zeit, das Mittagessen zuzubereiten. Mit dem tat sich Frau Bremer nicht schwer. Ein paar Reste wurden aufgewärmt, und als Nachtisch gab es etwas Obst.

Danach musste unbedingt das Preisrätsel zu Ende gebracht und das Lösungswort auf eine Postkarte geklebt werden. Dann zog sich das Ehepaar für ein halbes Stündchen zum Mittagsschlaf zurück, und Karin konnte sich endlich der Küche widmen, die es wirklich nötig hatte. Weit kam sie nicht damit. Sie war gerade dabei, den Kühlschrank auszuwischen, da verlangte es das Ehepaar nach seinem Tee, und als Karin ihn aufgegossen und ins Wohnzimmer gebracht hatte, sagte Herr Bremer, er wolle ihr Napoleons Grab zeigen. Karin kuckte so perplex, dass er lachen musste. «Ich meine die Patience», erklärte er.

«Aber die Küche!», rief Karin verwirrt. «Sie ist noch nicht fertig!»

«Ach, Unsinn», sagte Herr Bremer, «das hat Zeit.»

Und plötzlich war der Tag fast herum, der unbedingt mit Mensch-ärgere-dich-nicht beendet werden musste, für das Herr Bremer ständig wechselnde Spielregeln erfand, die dem Spiel eine ganz besonders spannende Note verliehen. Durch eine kleine Mogelei gewann Karin zweimal hintereinander, und Herr Bremer rief lobend: «Eins rauf mit Mappe!», ein Spruch, der, wie er erklärte, aus seiner Kindheit stammte, als es auf dem Dorf noch eine einklassige Schule gab, wo man bei der Versetzung nur die Bank wechseln musste. Danach ging er in den Keller und kam mit, wie er sagte, einer kleinen Erfrischung in Gestalt einer Flasche sehr guten Rotweins zurück.

Mit etwas schlechtem Gewissen ging Karin ins Bett und nahm sich fest vor, den versäumten Hausputz am Tag darauf nachzuholen. Doch allen guten Vorsätzen zum Trotz wachte sie nicht rechtzeitig auf, so dass der Morgen wieder gemeinsam am Frühstückstisch begann, an dem das Ehepaar diesmal sogar im Bademantel erschien. Das Frühstück selbst verlief nach der gleichen Zeremonie. Frau

Bremer ordnete das Gedeck neu, Herr Bremer goss den Kaffee ein, verzierte das Tischtuch prompt mit einem neuen Fleck und sagte: «Wie kommt denn der hierher?», und nach dem Frühstück musste unbedingt ein Preisrätsel gelöst werden, damit man den Einsendetermin nicht verpasste. Karin schüttelte insgeheim den Kopf. Mein Gott, diese Altchen. Das waren ja richtige Zocker. Mit Rätselraten und Mensch-ärgere-dich-nicht vertrieben sie sich die Zeit, anstatt sich mit den letzten Dingen des Lebens zu beschäftigen.

Doch ehe sie es sich versah, zappelte Karin selber in diesem Netz. Auch sie fing an, jedes Rätsel auszufüllen, das ihr in die Hände geriet, vom Rösselsprung bis zum Labyrinth, wurde süchtig nach Preisausschreiben und war sich nicht zu schade, den läppischen Gewinnverlockungen eines Verlages zu erliegen, der die Bremers mit verheißungsvollen Versprechungen schon monatelang an der Nase herumführte und schwülstige Briefe in schlechtem Deutsch schrieb. «Mit dieser goldenen Karte können Sie Millionär werden! Dieses Siegel mit dieser Goldnummer wurde für Sie persönlich ausgestellt! Denn Sie gehören zu dem auserwählten Kreis einiger Personen, die uns ganz besonders wichtig sind. Der Vorsitzende des Gratisverlosungskomitees.»

Natürlich wussten sie, dass von einem ausgewählten Personenkreis bei der Verlosung keine Rede sein konnte und dass sie nur eine Nadel im Heuhaufen waren. Aber sie versuchten es trotzdem. Und jedes

Mal hatten sie ein prickelndes Gefühl, wenn der Briefträger erschien. Gewonnen allerdings hatten sie bislang noch nie etwas.

Karin warf alle antrainierten Tugenden wie Zuverlässigkeit, Pünktlichkeit und Ordnungssinn über Bord und gab sich ohne jedes schlechte Gewissen mit großer Leidenschaft dem Spieltrieb hin, was die Bremers anscheinend mehr zu schätzen wussten als blank geputzte Fenster. Sie brachten ihr alles bei, was sie liebten: Halma, Zankpatience, Monopoli, Scrabble und Herr Bremer sogar die Grundregeln des Schachs, wobei Karin sich erstaunlich gelehrig zeigte. «Wirklich begabt», lobte er sie, wenn sie einen scharfsinnigen Zug machte. «Eins rauf mit Mappe.»

Zwischendurch ließen sie sich irgendetwas Edles aus Herrn Bremers gut bestücktem Weinkeller schmecken und hielten ein Schwätzchen. Herr Bremer erzählte von seinem ersten Rendezvous mit seiner Frau, das beinahe an seinem Fahrrad gescheitert war. Er hatte nämlich einen Platten, und das im Stockdunkeln. Und wenn nicht zufällig ein Kamerad auf seinem Krad vorbeigekommen wäre, säßen sie wahrscheinlich beide nicht hier. Frau Bremer nickte und deutete an, dass es da noch einen anderen, sehr respektablen Verehrer gegeben habe. Und Karin verteilte die Karten neu, sagte: «Ist ja geil» und berichtete, wo sie ihren Rudi kennen gelernt hatte, nämlich während einer superinteressanten Woche in einem Nationalpark irgendwo bei Santiago. Die hätten sie mit einer Gruppe von neun Leuten in einem ramponierten Holzhäuschen ohne Strom zugebracht, um die Waldwege in den Bergen zu verbessern. Und Rudi habe ihr gleich gefallen. Er sei einfach total nett gewesen.

Rudi, der anrief, wollte es zuerst nicht glauben. «Du», sagte er in seinem gelegentlich gespreizten, ironischen Ton, «die normalerweise am liebsten den ganzen Tag herumrast, verbringst also halbe Tage und Nächte in einem miefigen Wohnzimmer mit zwei alten Leuten und beschäftigst dich mit nichts anderem als mit Gesellschaftsspielen oder Preisrätseln? Du, die mich schon fertig macht, wenn ich mal ein bisschen relaxe! Und nun entpuppst du dich als Zockerin? Da tun sich ja Abgründe auf.»

«Auf Wiedersehn», sagte Karin knapp und legte den Hörer auf. Längst hatte sie ihre hehren Entschlüsse, mal richtig sauber zu machen, ad acta gelegt, und das Haus sah schlimmer aus als vor ihrer Ankunft. Und ebenso wie die Bremers schlampte auch sie den halben Vormittag im Bademantel herum.

Einen Tag vor ihrer Abreise hatten die Bremers eine Überraschung für sie. Sie wollten sie in ein Spielcasino, in das sie hin und wieder gingen, mitnehmen. Karin war Feuer und Flamme. Und sie hatte Glück. Sie gewann zweihundert Mark, das Ehepaar leider nichts. Es war so blank, dass es sie beim Abschied nicht einmal bezahlen konnte.

Rudi starrte Karin ungläubig an, als sie ihm diese

Geschichte erzählte. «Das hast du einfach so hinge-
nommen? Hast ihnen nicht einmal mit einem Anwalt gedroht?»

Sie schüttelte den Kopf. Für einen Augenblick saß
sie wieder in Bremers verqualmtem Wohnzimmer,
Rotwein süffelnd, Karten verteilend, und hatte
Herrn Bremers Stimme im Ohr: «Eins rauf mit
Mappe.»

Wo keine Grenze wehrt

Wie meist, klingelte das Telefon im unpassendsten Moment. Sie hatte ihr morgendliches Ritual fast zu Ende gebracht, hatte ihren Körper nach allen Richtungen verdreht, Arme und Beine geschwenkt, Sehnen und Muskeln gedehnt, den Körper mit einer Bürste bearbeitet, erst warm, dann kalt geduscht, wobei sie Letzteres nur mit Schaudern und Wehlauten tat, und saß nun, in ihr Badetuch gehüllt, auf dem Klodeckel, um sich zum Schluss ihre armen, geschundenen Füße vorzunehmen. Sie versprach ihnen wie immer hoch und heilig, sie nicht mehr rücksichtslos in der Mode entsprechendes Schuhwerk zu zwängen, sondern von nun an nur noch Gesundheitsschuhe mit Einlagen zu tragen, um ihnen damit das Leben zu erleichtern. Sie knetete die armen, von der Last der Jahre platt gewalzten, mit unschönen Druckstellen Versehenen und zupfte sanft an den zerbeulten Zehen, was ihr die Füße mit wohliger Wärme lohnten. Sie beschloss, sie mit Nagellack zu verschönen, aber kaum war sie dabei, ihren Entschluss in die Tat umzusetzen und den Lack aufzutragen, kam ihr das Telefon in die Quere, und sie musste diese diffizile Arbeit unterbrechen. Vorsichtig humpelte sie ins Wohnzimmer, doch als sie den Hörer aufnahm, war die Verbindung schon wieder getrennt. Das konnte nur die ungeduldige Ulla sein. Kein anderer ließ das Telefon so kurz klingeln, und kein anderer kam auf die Idee, sie zwischen sieben und halb acht Uhr morgens anzurufen, ohne jedes Verständnis dafür, dass nicht nur die verlotterte Jugend, sondern auch ältere Menschen es sich gern bis zum Mittag im Bett gemütlich machten. Manchmal bekamen sie sich deswegen richtig in die Haare, und Wilma warf Ulla dann vor, sie leide an seniler Bettflucht.

Wilma hätte den Anruf am liebsten ignoriert. Aber bei Ulla war Vorsicht am Platz. Sie besaß eine äußerst lebhafte Phantasie und steckte voller Horrorgeschichten darüber, was einem alles zustoßen konnte, wenn man allein in der Wohnung war. Doch Ulla war auch ein Mensch der Tat, und so lag es durchaus im Bereich des Möglichen, dass sie ihr die Nachbarin oder, noch schlimmer, den Notdienst auf den Hals hetzte. Wusste sie doch genug Beispiele, die ihre Sorge rechtfertigten: Eine alte Dame war an einem Asthmaanfall erstickt, ein vom Kegeln fröhlich heimkehrender Ehemann fand seine Frau tot neben dem Telefon, ein anderer seine Mutter im Bettkasten des aufklappbaren Bettes, Gott sei Dank noch schwach atmend.

Ihr Lieblingsthema war Ruthie Weber, ebenfalls

eine Frau ihrer Generation, doch wesentlich behender, die noch flink im Gebirge herumkraxelte und Ski fuhr, aber, man sollte es kaum glauben, sich ausgerechnet in der Badewanne, trotz rutschfester Matte und Haltegriff, den rechten Oberschenkelhals gebrochen hatte und das fatalerweise am Wochenende, an dem das Mietshaus, in dem sie wohnte, halb leer war und niemand ihr Rufen und Klopfen hörte. Glücklicherweise besaß das Haus Fernheizung, so konnte sie ständig heißes Wasser nachlaufen lassen, um einer Unterkühlung vorzubeugen. Erst am Montagmorgen kam die Rettung in Gestalt der Damen von den Zeugen Jehovas, die sich schon in aller Frühe auf den Weg gemacht hatten, um die Menschen über den kurz bevorstehenden Weltuntergang zu informieren. An dieser Stelle fragte Ulla jedes Mal, nicht ganz unberechtigt: «Wilma, hörst du mir überhaupt zu?»

Und die Freundin, die tatsächlich an ganz was anderes dachte, denn sie kannte die Geschichte in- und auswendig, sagte beflissen: «Selbstverständlich! Was für ein Glück, dass sie noch rechtzeitig gekommen sind und die Feuerwehr alarmiert haben. Womöglich wäre Ruthie sonst völlig aufgeweicht!»

Das Tröstliche für Ruthies gleichaltrige Freundinnen war, dass sie, ausgestattet mit einem Knochengerüst, das, wie ihr Arzt ihr stets versicherte, gut von einer Dreißigjährigen stammen könnte und von so etwas wie Osteoporose weit entfernt war, sich trotzdem alle Augenblicke etwas brach: ein Fußgelenk, zwei Zehen, mehrere Rippen, ein Schulterblatt, das linke Wadenbein und jetzt auch noch den Oberschenkelhals, was bei den Freundinnen, die nicht über so gute Wirbel verfügten und sich damit sehr in Acht nehmen mussten, Kopfschütteln auslöste.

«Wahrscheinlich», sagte Ulla dann jedes Mal belehrend, «hat sie wie du die Angewohnheit, nie richtig hinzukucken, wohin sie tritt.»

Um Ullas Phantasien über Ohnmacht und Knochenbrüche oder Schlimmeres vorzubeugen, beeilte Wilma sich, ihre Freundin schleunigst zurückzurufen. Die Nummer war besetzt, ebenso beim zweiten Versuch. Wilma hätte wetten können, dass statt ihrer nun Ingrid an der Reihe war. Ingrid besaß etwas, womit Wilma nicht aufwarten konnte: drei Urenkel, während Ulla sich erst mit einem begnügen musste, einem ziemlich wütigen Jungen, das Auweia-Kind genannt, der am liebsten Mädchen verdrosch, wobei er hinterher voller Reue auf den Schoß seiner Mutter kroch, «Auweia!» schrie und den Daumen in den Mund steckte.

Gespräche über Urenkel dauerten noch länger als über jedes andere Familienmitglied. Sie konnte also erst mal ihre Nägel zu Ende lackieren und dann in aller Ruhe frühstücken, wenn es auch angebracht war, ihr zweites, schnurloses Telefon, ein Zugeständnis an den technischen Fortschritt, mit in die Küche zu nehmen. Sie sah sich suchend um. Wo war es denn nun schon wieder? Wilma hatte festgestellt, dass manche Gegenstände ein eigenes, schwer zu steuerndes Leben führten. Sie waren jedenfalls dauernd unterwegs und fanden sich an den unmöglichsten Stellen wieder. Das Portemonnaie zum Beispiel liebte es geradezu, sich im Gemüsefach aufzuhalten, die Brieftasche wiederum versteckte sich gern hinter den Sofakissen, und die Butterdose suchte sich ihre Gesellschaft im Schuhregal bei den nicht gerade mit Schuhcreme verwöhnten, zum Dienst bei Matschwetter degradierten Halbschuhen. Aber noch unerklärlicher war, was sich in der Dose befand. Nicht etwa Butter, wie es sich gehörte, sondern Heftklammern, Reißzwecken, Gummiringe oder Sicherheitsnadeln. Doch den Vogel bei dieser seltsamen Wanderlust schoss das schnurlose Telefon ab. Einmal fand sie es sogar in der Tiefkühltruhe, wo das Telefon es sich zwischen gefrorenen Putensteaks, Rosenkohl und Toastbrot behaglich machte. Wahrscheinlich hatte es ein wenig Abkühlung gesucht nach einem langen, hitzigen Gespräch mit einem Handwerker, der ihr fest zugesagt hatte, noch vor Ostern zu kommen, und bis zur nahenden Weihnachtszeit immer noch nicht erschienen war. Als sie nach dem Telefon griff, fing es auch noch an zu klingeln, worüber sie derartig erschrak, dass es ihr wieder aus den Händen glitt und bis auf den Boden der Kühltruhe abtauchte – eine bei den älteren Freundinnen immer wieder gern gehörte Geschichte. «Ja, ja, die gute Wilma war schon in ihrer Jugend ein rechter Schussel» – wobei die Bemerkung «Schussel» außerordentlich taktvoll war.

Das nachlassende Gedächtnis war zwischen Ulla und ihr ein beliebtes Gesprächsthema, und sie hatten beschlossen, ihre kleinen grauen Zellen wieder in Schwung zu bringen. Sie entschieden sich für Gedichte und begannen mit einem Vers, den Ulla auf einer Todesanzeige entdeckt hatte und den sie sehr poetisch fand: «Die Nacht ist weit, am Himmel fährt der Wagen auf, es muss, wo keine Grenze wehrt, ein gutes Reisen sein.»

«Hübsch, aber zu leicht», hatte Wilma gesagt, und jetzt plagten sie sich bereits seit einer Woche damit herum, und der Vers saß immer noch nicht. Jeden Morgen rief Ulla an, und sie fragten sich gegenseitig ab. Doch immer wieder brachten sie etwas durcheinander.

Wilma seufzte. Sie hatte inzwischen die Suche nach dem Telefon aufgegeben, Brot geschnitten, ein Ei gekocht und den Tee aufgegossen. Doch in dem Moment, als sie mit dem Frühstück beginnen wollte, klingelte das Telefon wieder. Sie ließ alles stehen und liegen und eilte ins Wohnzimmer, nahm den Hörer ab und sprach, ehe ihre Freundin überhaupt irgendetwas sagen konnte:

«Du warst besetzt.»

«Und du bist mal wieder nicht rangegangen», sagte Ulla. «Wer fängt an?»

«Immer der, der fragt.»

«Meinetwegen.» Und Ulla begann. «Die Nacht ist groß.»

«Kind, Kind!», rief Wilma mit gespieltem Entsetzen. «Sitzt denn das immer noch nicht? Die Nacht ist weit!»

«Wo ist da der Unterschied?», sagte Ulla. «Aber meinetwegen. Die Nacht ist weit, am Himmel fährt der Wagen auf. Nun du.»

«Es muss ein gutes Reisen sein, wenn keine Grenze wehrt.»

«Wilma, Wilma!», rief Ulla, hörbar beglückt darüber, dass es ihrer Freundin mit dem Text nicht besser ging. «Es muss, wo keine Grenze wehrt, ein gutes Reisen sein.»

Danach beschlossen sie, es mit der den Lesern einer Rundfunkzeitung zum Training für das Gedächtnis angepriesenen Rechenaufgabe zu versuchen. Hier sollte man, bei hundert beginnend, die Zahl sieben hintereinander abziehen. Zunächst ging das bei Wilma recht flott. Doch dann wurde sie konfus und brachte alles durcheinander, so dass sie vor Lachen kaum weiterrechnen konnten.

«Wie kommst du bloß auf sechsunddreißig?», rief Ulla.

«Sechs mal sechs ist sechsunddreißig, ist die Frau auch noch so fleißig und der Mann ist liederlich, geht die Wirtschaft hinter sich.»

«Umgekehrt, umgekehrt!», rief Ulla. «Ist der Mann auch noch so fleißig und die Frau ist liederlich, geht die Wirtschaft hinter sich. Was bist du wieder feministisch. Einen Moment mal. Bei mir klingelt's an der Wohnungstür. Ich bin gleich wieder zurück.»

Wilma wartete geduldig und dachte dabei an den Nachmittag, für den Ulla und sie sich vorgenommen hatten, eine alte Schulkameradin zu besuchen. Sie war dort gelandet, wovor sie beide sich am meisten graulten, in einem Pflegeheim für geistig Verwirrte. Ausgerechnet Irene mit ihrem früher fast lückenlosen Erinnerungsvermögen, von dem nur noch ein kleiner Rest übrig geblieben war, den Ulla und Wilma längst ad acta gelegt hatten: den Reichsarbeitsdienst, wo man im Gleichschritt sang: «Zwanzig Pfennig ist der Reinverdienst, ein jeder muss zum Arbeitsdienst.» Immerhin mussten beide zugeben, dass auch sie einiges von dieser Zeit profitiert hatten. Ulla war der Spruch «Wer Arbeit kennt und sich nicht drückt, der ist verrückt» in Fleisch und Blut übergegangen, was Ehemann und Kindern erstaunlich gut bekam. Jedenfalls konnte bei ihr von einem Familienkuli keine Rede sein. Wilma wiederum entwickelte sich während ihrer Dienstzeit zu einer wahren Meisterin im Kartoffelschälen, eine Fähigkeit, die ihr kurz nach dem Krieg sehr zugute kommen sollte, denn sie durfte daraufhin den Engländern in der Küche helfen. Doch bei der schwärmerisch veranlagten Irene wurde das Lagerleben anscheinend zur beruflichen Initialzündung. Ihr Ziel war es, Arbeitsdienstführerin zu werden. Den Anstoß dazu gab eine Beförderung. Sie wurde als einzige der Maiden feierlich zur außerplanmäßigen Kameradschaftsältesten ernannt. Nach diesem unerwarteten Karrieresprung stand der Entschluss für sie fest. Dummerweise erwischte sie während der Ausbildung eine schwere Nierenbeckenentzündung, die sich monatelang hinzog und so diesem Traum ein Ende machte. Aber einmal in Fahrt, Führer und Vaterland auf diese oder jene Weise zu dienen, fasste sie hinter dem Rücken ihrer Eltern den Entschluss, dem Führer ein Kind zu schenken. Zum Glück war der für die Untersuchung zuständige Amtsarzt erkrankt und sein längst pensionierter Vorgänger für ihn eingesprungen. Als sie ihm ihren Wunsch in schwärmerischen Worten vortrug, kratzte er sich nachdenklich das schüttere Haar am Hinterkopf, murmelte etwas wie «sehr lobenswert» und forderte sie dann auf, sich hinter dem Wandschirm auszuziehen. Er untersuchte sie, wie sie fand, recht oberflächlich und teilte dann der erwartungsvollen Irene mit, dass sie keine Kinder bekommen könne.

«Nie?», fragte sie ungläubig.

«Jetzt jedenfalls nicht», erklärte er bestimmt. «Später vielleicht.» Mehr könne er dazu nicht sagen, damit müsse sie sich nun mal zufrieden geben. Und ehe sie so recht zur Besinnung kam, war sie schon wieder draußen. Verdattert, aber wiederum auch erleichtert, schlich sie nach Hause. Ein halbes Jahr später allerdings musste sie feststellen, dass die Diagnose des alten Herrn entschieden falsch gewesen war. So falsch, dass die kriegsübliche Ferntrauung sich als nötig erwies. Doch Töchterchen Lotte sollte ihren Vater nicht mehr kennen lernen. Er fiel bereits vor ihrer Geburt, aber dafür bekam sie einen sehr netten Stiefvater, mit dem sie viel zufriedener war als mit ihrer Mutter, an der sie, zeitgemäß und für Töchter üblich, dauernd etwas auszusetzen hatte, besonders was ihre politische Vergangenheit betraf. Und sie runzelte jedes Mal die Stirn, wenn ihre Mutter mit diesem gewissen verzückten Gesicht auf BDM und Arbeitsdienst zu sprechen kam.

«Bist du noch da?» Die Stimme ihrer Freundin unterbrach den Ausflug in die Vergangenheit.

«Wo soll ich sonst sein?», sagte Wilma etwas mürrisch. «Ich wette, du hast schon wieder vergessen, dass wir heute Nachmittag zu Irene wollen.»

«Menschen, die ihr Telefon in die Tiefkühltruhe packen, sollten sich besser an die eigene Nase fassen», sagte Ulla lachend. «Also, wie abgemacht, um drei treffen wir uns an der Bushaltestelle. Doch jetzt will ich erst mal zum Friseur.»

Das Pflegeheim lag etwas außerhalb der Stadt in einem hübsch angelegten, gepflegten kleinen Park voller alter Bäume, was allerdings den Nachteil hatte, dass im Sommer die Zimmer sehr dunkel waren. Zusammen mit anderen Patienten saß Irene im Aufenthaltsraum. Der war eher zweckmäßig als gemütlich eingerichtet, wenn auch mit freundlichen, hellen Möbeln und einem Fernseher, vor dem mehrere Patienten saßen und anscheinend genug Honig aus den Bildern saugten, denn der Ton war abgestellt. Irene hatte gerade Besuch von ihrer Tochter, die sichtlich erfreut war, von Wilma und Ulla abgelöst zu werden. Sie tuschelte im Weggehen Wilma zu: «Ganz schlechter Tag heute. Mami ist dauernd am Singen.» Und wie zur Bestätigung schmetterte Irenchen: «Es zittern die morschen Knochen.»

Einige Patienten sprangen auf. «Ruhe, Ruhe!», riefen sie. Lotti flüchtete. Dafür kam eine junge Schwester ins Zimmer, ein vor Lebenslust sprühendes Geschöpf, das bei dem Gesang vergnügt den Kopf schüttelte. Wilma und Ulla warfen sich verlegene Blicke zu.

«Zweimal verschüttet», murmelte Wilma.

«Macht doch nichts», sagte die Schwester. «Heute hat sie's mal wieder mit den morschen Knochen», wobei sie etwas unbedacht hinzufügte: «Einfach irre. Aber ganz so abwegig ist es auch nicht. Die Armen hier brechen sich schnell was.» Sie ging auf eine adrett gekleidete, damenhaft wirkende Patientin zu, auf deren Schoß ein großer Plüschhund Platz gefunden hatte. Die Schwester streichelte das Stofftier. «Sie müssen aufpassen, dass er nicht zu dick wird.»

«Er heißt Lieselotte», sagte die Patientin mit würdiger Distance, «und ist eine Hündin.»

«Weiß ich doch», sagte die Schwester begütigend. Währenddessen hatte Irene das Lied gewechselt, und die Schwester stimmte kräftig mit ein: «Denn die Morgenfrühe, das ist unsere Zeit, wenn die Winde um die Berge wehen.» Sie hatte sich neben Irene gesetzt, Irenes Augen leuchteten, und sie griff nach der Hand der Schwester. «Und wie heißt unser Tagesspruch?», fragte sie mit gesammeltem Ernst.

Die Schwester stand auf und nahm Haltung an. «An die Arbeit froh heran.»

«Hiermit», sagte Irene in feierlichem Ton, «befördere ich Sie zur außerplanmäßigen Kameradschaftsältesten.»

«Sie scheint Sie sehr zu mögen», bemerkte Ulla. Die Schwester lachte. «Na, das will ich doch hoffen. Das tun sie eigentlich alle. Sie haben ja auch nur uns. Viel Besuch bekommen die meisten nicht mehr. Die Angehörigen wohnen weit weg oder im Ausland. Es ist kein böser Wille. Unsere Sängerin hat's da noch gut. Sie schauen doch öfter mal rein, und ihre Tochter kommt regelmäßig. Viel reden tut sie ja nicht mehr. Aber wenn, dann immer über diesen Arbeitsdienst. Muss ja echt cool gewesen sein.» Sie wanderte von einem Patienten zum anderen, wechselte hier und dort ein paar Worte, streichelte sie und rückte die Stühle zurecht.

Sobald sie den Raum wieder verlassen hatte, fielen die Patienten in ihre Lethargie zurück. Auch Irene schwieg. Nur als Wilma und Ulla sich verabschiedeten, sagte sie: «Kennen wir uns?» – eine Frage, die die beiden Freundinnen in Verwirrung stürzte, weil sie nicht wussten, wie sie darauf reagieren sollten. Bedrückt machten sie sich auf den Heimweg. Die Herbstsonne ließ das Laub im Park flammen, und sie setzten sich seufzend auf eine Bank, um die Stille zu genießen. Was für Zukunftsaussichten, so vergesslich, wie sie beide jetzt schon waren.

«Wir müssen halt mehr üben», sagte Ulla entschlossen. «Mit Balladen und so, das geht doch noch recht gut.» Und sie zitierte: «Heraus aus euren Schatten, rege Wipfel des alten, dicht belaubten Hains, wie in der Göttin stilles Heiligtum tret ich noch jetzt mit schauderndem Gefühle, und es gewöhnt sich nicht mein Geist hierher.»

«Kein Grund, um übermütig zu werden», sagte Wilma. «Aber erzähl mir mal, was es mit Odysseus auf sich hatte.»

«Gib her, den Speer, Penelope, und weine nicht zu sehr, denn wenn wir einst uns wiedersehn, dann weinst du noch viel mehr», zitierte Ulla stolz.

«Mein Gott, mein Gott!», rief Wilma. «Immer diese Albernheiten. Das kann's doch nicht an Bildung gewesen sein.»

Aber das meiste, was sie antippten, blieb im Dunkeln. Nicht einmal mehr das Geburtsdatum Friedrichs des Großen fiel ihnen ein.

«Erschütternd», stöhnte Wilma. «Da haben wir uns nun durch Museen und Galerien und Kirchen geschleppt, Sehenswürdigkeiten aller Arten bestaunt, und nun kriegen wir nicht mal mehr die Hauptstädte der einzelnen Länder zusammen.»

«Weißt du noch», sagte Ulla plötzlich, «wie es hier, wo wir jetzt sitzen, nach den Bombenangriffen ausgesehen hat? Kein Stein mehr auf dem andern, und wie der Feuersturm die Menschen in Sekunden zusammenschrumpfen ließ!» Und dann kam sie auf Irene zu sprechen und was die bei den Angriffen geleistet hatte, dabei war sie doch selbst zweimal verschüttet gewesen. Trotz zusammenstürzender Wände und mörderischer Hitze hatte sie es fertig gebracht, noch eine Mutter mit Baby aus einem Keller zu zerren und sie, in nasse Decken gehüllt, in Sicherheit zu bringen.

«Vielleicht», sagte Wilma, «ist sie in ihrer neuen Welt ganz glücklich. Sie hat sich halt im Gedächtnis ein Plätzchen aufbewahrt, wo sie mit sich und der Welt besonders im Reinen war. Was wissen wir schon. Und dann diese Schwester. So was Goldiges! Fern davon, über irgendjemanden den Stab zu brechen. Lacht auch noch über die morschen Knochen. Ich hab mich in Grund und Boden geschämt. Und findet den Arbeitsdienst cool. Wenn Lottchen das hören würde! Aber ich denke mal, die Schwester hat wirklich Recht. Wenn alles so harmlos gewesen wäre wie der Arbeitsdienst! Kannst du dich noch an Waltraud erinnern, die bei der politischen Schulung Kaiser Wilhelm für den Führer und Reichskanzler hielt, und die Lagerführerin hat sich halb tot gelacht und war nicht einmal schockiert? Was zerbrechen wir uns jetzt schon den Kopf, was einmal mit uns wird. Es wird sich alles finden.»

Und dann gingen sie in forschem Schritt der Bushaltestelle entgegen, zwei sichtlich nicht nur durch Salz und Brot genährte Witwen mit einem leichten Ansatz zu Dackelbeinen, die eine im roten, die andere im dunkelblauen Kostüm, die eine mit einer Art Südwester geschmückt, die andere die Krempe des Hutes tief in die Stirn gezogen, abgefüllt mit Erinnerungen, für deren Aufarbeitung nach heutigen Maßstäben kaum ein Psychotherapeut gereicht hätte, und bestiegen, laut summend: «Wenn wir streiten Seit an Seit und die alten Lieder singen», den Bus. Der Fahrer sah ihnen mit nachsichtiger Güte entgegen.

«Na, die Damen, wohl 'n schönen Nachmittag gehabt.»

Es wird alles gut

Wo war das verdammte Ding nur wieder? Ungeduldig durchwühlte Richard die Fächer in seinem Schrank nach einem wie ein Schachbrett gemusterten Pullover, bis er ihn schließlich zwischen den Socken entdeckte. Er fand ihn scheußlich, aber er war nun mal ein Geburtstagsgeschenk von Tochter Helga, bei der er zum Mittagessen erwartet wurde, und er hörte sie jetzt schon sagen: «Du hast ja meinen Pullover nicht an. Gefällt er dir nicht?»

Einen Augenblick lang überlegte er, ob er nicht ähnlich mit ihm verfahren sollte wie damals als Kind, als er den Pulli eines älteren Vetters unbedingt noch auftragen sollte, ein hässliches, grasgrünes Ding, in dem er sich wie ein Laubfrosch vorkam. Heimlich hatte er mit der Nagelschere kleine Löcher eingerissen, so dass seine Mutter sich gar nicht genug darüber aufregen konnte, dass ihre Schwägerin von Motten zerfressene Kleidungsstücke verschenkte. Er grinste vor sich hin, als er daran dachte, fand dann aber die Idee doch etwas kindisch.

Er sah auf die Uhr. In einer halben Stunde wollte

ihn sein Enkel abholen. Viel lieber wäre er zu Hause geblieben, hätte bei dem schönen Wetter vielleicht einen Spaziergang durch den Stadtpark gemacht, anderen alten Herren beim Schach an dem Brett mit den riesigen Figuren zugesehen oder sogar selbst eine Partie gespielt. Zwar war Helga eine exzellente Köchin, aber Sonntag für Sonntag diesen Familienzirkus mit all den belanglosen Gesprächen, das musste doch wirklich nicht sein. Helga jedoch kannte kein Pardon, und er ärgerte sich über sich selbst, dass er es nicht schaffte, sich aus ihrem festen Griff zu lösen. Vielleicht hinderte ihn das leichte Schuldgefühl, das er immer noch verspürte, obwohl doch alles schon Jahrzehnte her war.

Helga musste so acht Jahre alt gewesen sein, als er sich in seinem ersten richtigen Urlaub in den fünfziger Jahren, den er mit Frau und Tochter in Italien verbrachte, Hals über Kopf in eine Ferienbekanntschaft verliebte, und zwar so heftig, dass er nach der Reise zu ihr zog. Dummerweise lebte sie in derselben Stadt, und eines Tages begegneten er und seine Freundin ausgerechnet an der Haltestelle vor seiner Wohnung seiner Frau und Helga, die gerade in den Bus stiegen, ihn aber erst entdeckten, als er zwei Stationen später den Bus fluchtartig verließ. Helgas «Papa! Papa!» dröhnte ihm noch lange im Ohr. Was wohl in dem Kind vorgegangen sein mochte, als der angeblich verreiste Vater so unerwartet auftauchte? Der Gedanke an Helga war mit ein Grund für ihn gewesen, so bildete er sich zumindest später ein, wieder in die Familie zurückzukehren. Seine Frau Edith hatte die ganze Eskapade mit ziemlicher Gelassenheit ertragen. Sie war überhaupt eine vernünftige Person und hielt sich an die drei Lebensregeln ihrer Großmutter: Spinat nicht aufwärmen, Blutflecke nur mit kaltem Wasser entfernen und erst gar nicht den Versuch machen, einen Mann zu verstehen.

Als er seine Leinenjacke anziehen wollte, entdeckte er am Ärmel einen Fleck. Er wollte schon den Blazer nehmen, aber da hörte er wieder Helga fragen, wo denn das gute Stück sei, das sie ihm zu Weihnachten geschenkt habe. Ärgerlich rubbelte er auf dem Fleck herum. Was war Helga doch für eine gute Puppenmutter gewesen. Alle ihre Puppen waren stets wie aus dem Ei gepellt. Aber zu lachen hatten sie nichts. Sie mussten parieren. Artig saßen sie um einen kleinen Tisch versammelt und lauschten ihren Vorträgen über anständiges Benehmen. Niemals die Zunge herausstrecken, nicht mit nacktem Zeigefinger auf angezogene Leute zeigen und auf keinen Fall dazwischenquatschen, wenn Erwachsene sich unterhielten. Nach seiner Rückkehr hatte ihr strenger Puppenmutterblick besonders Puppenjunge Richard im Auge, ein bayrisches Modell mit Lederhosen und Tirolerhut. Er wurde häufiger als alle anderen zur Strafe in die Ecke gestellt oder bekam nicht zu essen, weil er angeblich weggelaufen war. Edith amüsierte sich königlich darüber, Vater Richard fand es weniger komisch.

Helga war ein niedliches, dralles kleines Mädchen gewesen, vor Energie platzend und wild entschlossen, alles durchzusetzen, was sie sich vorgenommen hatte. Und dabei stand an erster Stelle, auf den Papa aufzupassen. Mitten in der Nacht kontrollierte sie das elterliche Schlafzimmer, ob auch beide Elternteile anwesend waren, bis Edith ein Machtwort sprach. Und häufig kreuzte sie auf dem Heimweg von der Schule in Richards Firma auf, was die Kollegen mit dummen Bemerkungen quittierten.

Die einzige Puppe, die sie mit Nachsicht behandelte, war ein kulleräugiges schwarzhaariges Ding mit Schmollmund, Klappaugen und dem jammerigen Ruf: «Mama!», das sogar dazu ausersehen war, sie später durch ihr Erwachsenenleben zu begleiten. Auch das kleine Tunzekissen war jetzt noch bei ihr im Bett zu finden, und wahrscheinlich nuckelte sie noch daran, wenn ihr Mann mal nicht hinkuckte. Die Puppe war inzwischen aus dem Schlafzimmer verbannt. Sie saß im Wohnzimmer auf einem Regal, zwischen den Bildern von Edith und Richard, und er ging jede Wette ein, dass Helga trotz ihrer fünfzig Jahre und der drei inzwischen erwachsenen Kinder noch heimlich Zwiegespräche mit ihr führte.

Glücklicherweise schienen seinen Schwiegersohn diese kleinen Macken nicht zu stören. Vielleicht nahm er sie auch gar nicht so recht wahr. Er selbst sprach nie über seine Familie, und Richard war sich nicht ganz sicher, ob er überhaupt eine hatte. Er war sozusagen aus dem Nichts gekommen, und Edith hatte vergeblich versucht, bei Helga etwas über ihn in Erfahrung zu bringen.

«Er wird ja wohl nicht wie Moses im Binsenkörbchen am Gartenzaun entlanggeschwommen sein», hatte sie schließlich ärgerlich bemerkt.

Helga zuckte gleichmütig die Achseln. «Und wenn schon. Es interessiert mich nicht. Thomas hat jetzt eine Familie: uns.»

Edith und er hatten sich schließlich damit zufrieden gegeben. Thomas machte einen angenehmen Eindruck. Er sah sympathisch aus, war ungeheuer fleißig und verdiente gut. Was wollte man mehr, zumal Helga sich mit der Partnersuche etwas schwer getan hatte. Aus dem drallen Kind war eine pummelige, aber attraktive junge Frau geworden, deren Hilfsbereitschaft und Frische durchaus anziehend wirkten. Nur ihre fest umrissene Lebensplanung – Heirat, Haus, Hund, drei Kinder –, noch dazu den Verehrern häufig und mit Nachdruck vorgetragen, erschreckte diese mehr, als sie zu begeistern. So war Helga mit schöner Regelmäßigkeit wieder allein, allerdings immer noch mit Quartier im Elternhaus, was nicht unbedingt nach Richards Geschmack war.

Thomas erwies sich als die berühmte Ausnahme von der Regel. Er war anscheinend völlig damit beschäftigt, an seiner Karriere zu basteln, und so kam ihm Helgas penetrante Häuslichkeit vielleicht eher entgegen. Außerdem hörte er, wie Richard vermutete, nie richtig zu, wenn sie redete. Jedenfalls wirkte er am Hochzeitstag etwas verdattert, und Richard hörte, wie er in sein Glas murmelte: «Ging ja verdammt schnell.»

Helga dagegen strahlte, weil alles nach Wunsch lief. Allerdings gab es für sie einen kleinen Wermutstropfen: Ihre Eltern weigerten sich strikt, mit ihr unter einem Dach zu wohnen, obwohl Thomas das merkwürdigerweise auch ganz gern gesehen hätte, vielleicht in der Hoffnung, Helgas ständiges Geglucke ein wenig von sich abzulenken.

Während Richard sich die Haare bürstete, tat er einen tiefen Seufzer. Ein schwieriges Kind, so rührend es auch um ihn besorgt war. Immerhin hatte er es ihr zu verdanken, dass er noch nicht in ein Seniorenheim musste. Welchem allein stehenden Mann über achtzig wurde noch so viel Fürsorge von seiner Tochter zuteil! Er musste sich wirklich glücklich schätzen. Täglich rief sie an, kaufte für ihn ein, kümmerte sich um seine Wäsche und ließ es sich nicht nehmen, bei ihm zu übernachten, wenn ihn eine Grippe erwischte. Aber sie tat eben doch oft des Guten zu viel, besonders seitdem ihre Mutter nicht mehr lebte. Edith hatte vor drei Jahren einen sanften, schnellen Tod gehabt, und dafür war er trotz aller Trauer dem Schicksal dankbar. Bis auf diese eine kleine unerfreuliche Episode war er ihr treu geblieben, oder so gut wie.

Er sah auf die Uhr. Der Junge hätte längst da sein müssen, wahrscheinlich hatte er mal wieder nicht aus dem Bett gefunden. Und da ging auch schon das Telefon. Es war, wie zu erwarten, Helga, und alles war genau so, wie er es sich gedacht hatte.

«Ist doch egal», sagte er. «Dann nehme ich mir eben ein Taxi.»

Aber das kam ja überhaupt nicht in Frage. «Das wäre ja noch schöner! Außerdem würde es Karlchen sich nie nehmen lassen, dich abzuholen und wieder zurückzubringen.»

Richard lachte. «Er weiß schon warum. Ich meine, es lohnt sich ja auch für ihn.»

Karlchen, der Neunzehnjährige, war das Kind, das immer irgendetwas hatte: Ärger mit den Lehrern, Schwierigkeiten mit den Schularbeiten, mit der Pünktlichkeit, mit der Ordnung. Andererseits gab es nach der Aussage seiner Mutter manches, was er nicht hatte: keine Ahnung vom Ernst des Lebens, keinen Schimmer von Verantwortung, keinen blassen Dunst von gutem Benehmen, kein Verständnis für seine Mutter, die den ganzen Tag damit beschäftigt war, hinter ihm herzuräumen, und doch nie müde wurde, zu betonen, was er im Grunde für ein herzensgutes, sensibles Kerlchen war, das sich viel Gedanken um seine Mitmenschen machte.

So redeten sie noch ein Weilchen über dieses Wunderkind, bis Helga plötzlich rief: «Da bist du ja! Dein Großvater wartet schon auf dich. Tschüs, Papa, bis gleich!»

Lustlos begann Richard, sein Bett zu machen und ein wenig aufzuräumen. Warum hatte er nie den Mumm, sich gegen Helgas übertriebene Fürsorge zu wehren? Das hatte er kaum fertig gebracht, als sie noch ein Kind gewesen war. Nur einmal wehrte er sich wirklich energisch, als sie ihn bei einer Erkältung nicht nur zwang, einen grauenhaften Tee zu trinken, sondern auch noch darauf bestand, bei ihm Fieber zu messen. Rektal natürlich! Bald würde sie auch noch die Marke seiner Zahnpasta bestimmen. Dabei kam er noch ausgezeichnet allein zurecht. Er stromerte gern überall herum, fuhr mit einer Tageskarte durch die Stadt und besuchte Gegenden, die ihm nach so vielen Jahren noch völlig fremd waren. Manche Straßenzüge waren so schauderhaft, dass er seinem Schicksal dankte, nicht durch irgendwelche Zufälle dort gelandet zu sein. Der Verkehr brauste an den Backsteinbauten der von den Bomben verschonten Mietskasernen aus den zwanziger Jahren vorbei, zwischen denen mit Unkraut und Gerümpel bedeckte Grundstücke lagen, während auf der gegenüberliegenden Seite ein schmales Hochhaus emporschoss mit Ausblick auf die verrotteten Hallen einer stillgelegten Fabrik. Zwei, drei Stationen weiter drang ihm der Duft frisch gemähten Rasens in die Nase, und ehemalige Patrizierhäuser versteckten sich hinter dichten Hecken und viel Grün.

Auch die U-Bahn schätzte er. Die Graffitis an Zügen und Hauswänden störten ihn nicht, er fand sie aber auf die Dauer langweilig. Da waren ja die Kritzeleien aus seiner Jugend, als einem nur gewöhnliche Kreide zur Verfügung stand, einfallsreicher gewesen. Hier glich ein Muster dem anderen. Warum nicht mal ein Abbild aus der Tierwelt, ein Löwe oder eine Giraffe? Trotz der schnittigen Züge und der gekachelten Wände roch es auf den Stationen immer noch wie in seiner Jugendzeit nach Staub und kaltem Ruß, und der Zugwind, mit dem sich die Bahn ankündigte, roch metallen. Manchmal dachte er dann an jene Zeit, wo man noch dicht gedrängt Stunden auf dem Bahnsteig stand und auf den Zug wartete. Merkwürdigerweise verblasste die Kriegs- und Nachkriegszeit immer mehr. Sein Gedächtnis schien sie allmählich einzementiert und die Schreckensbilder aussortiert zu haben. Ganz selten tauchten nur noch Reste davon auf, wenn im Fernsehen alte Wochenschauen gezeigt wurden oder Zeitzeugen darüber berichteten. Obwohl er den Tod in seinen grauenvollsten Formen miterlebt hatte und von ihm fast täglich zum Rapport bestellt worden war, um dann noch einmal gnädig entlassen zu werden, war er jetzt außerstande, sich seinen eigenen vorzustellen. Und je unweigerlicher er sich ihm näherte, um so weniger beschäftigte er sich damit.

Am U-Bahn-Fahren liebte er das von Station zu Station wechselnde Publikum. Mal waren es Kleingärtner mit Strohhüten und Gartenutensilien, zu zweit oder zu dritt, die Erfahrungen über die Vernichtung irgendwelcher Schneckenarten austauschten, Frauen mit weißen, zu strammen Löckchen gedrehten Haaren und Blumen in großen Tragetaschen, einzeln oder in Grüppchen, auf dem Weg zum Friedhof, dann wieder Afrikaner aus einem wohl in der Nähe gelegenen Asylantenheim mit Stimmen wie die Posaunen von Jericho, Geschäftsleute, die sich, ohne nach rechts und links zu blicken, auf den nächsten freien Platz fallen ließen und sich sofort ihrem Notebook widmeten, und lärmende, sich mit Brachialgewalt in die Waggons drängende Schulklassen mit den dazugehörigen Lehrern, die durch nichts und niemand mehr zu erschüttern waren.

Richard wusch sein Frühstücksgeschirr ab und hoffte, dass sein Enkel ihn nicht allzu lange warten ließ. Er hätte mit seinem Tag weiß Gott was Besseres anfangen können, als hier herumzusitzen. Na, wenigstens würde es etwas Gutes zu essen geben.

Tatsächlich hielt sich die Verspätung in Grenzen, der Familienzirkus konnte beginnen, mit Küsschen hier und Küsschen da und langweiligem Smalltalk – «Ist das Wetter nicht herrlich?» – und dem zwischen den Erwachsenen herumwuselnden Urenkel, jede seiner Bewegungen von großmütterlichen Ermahnungen begleitet – «Vorsicht, gleich kippt die Vase um!» – «Lass den Hund in Ruh!» – «Leg das Messer weg!»

Während die Familienmitglieder schwatzend zusammenstanden, suchte Richard sich einen bequemen Stuhl und hörte zu. Seine beiden Enkeltöchter waren wirklich hübsch anzusehen, wenn auch nach seinem Geschmack etwas abenteuerlich gekleidet, in fransige Shorts mit etwas sehr ausgeschnittenem, plustrigem Schwarzem darüber und Schuhen, auf denen sie wie auf Stelzen gingen, beide tüchtig im Beruf und im Umgang mit Computern so vertraut wie er in seiner Jugend mit der Sense. Er lächelte freundlich, verstand aber wie immer kein Wort von ihrer Fachsimpelei. Eine von ihnen, die mit dem Urenkel, war mit einem ziemlich drögen Ingenieur verheiratet, der sich jedes Mal nach dem Mittagessen zufrieden die Hände rieb und meinte: «Leute, das war's mal wieder.» Die Unverheiratete hatte einen Lebensgefährten, in Helgas Augen immer noch etwas leicht Anstößiges, der sich aber nur selten blicken ließ. Dann gab es da natürlich noch Karlchen, von seinen Schwestern Klein-Schlappi genannt, und, als Schlusslicht der Runde, den Schwiegersohn, über den jeder hinwegredete, der aber dafür von seiner Frau ständig aufgefordert wurde, irgendetwas zu tun – «Wir haben kein Wasser mehr, kannst du welches aus dem Keller holen?» – «Es sieht plötzlich sehr nach Regen aus, holst du bitte mal die Kissen rein?» – «Gehst du bitte mit dem Hund nachher noch ein paar Schritte?» Er tat alles freundlich, was ihm aufgetragen wurde, während Richard ärgerlich bei sich dachte: Verdammt noch mal, er ist immerhin der Hausherr, das haben sie anscheinend vergessen.

Dieser schweigsame, etwas farblos wirkende Mann passte nicht recht in das puppige, voll gestopfte Reihenhaus mit der lärmenden Familie, aber vielleicht war das alles ja für ihn ein angenehmer Kontrast zu seiner vernetzten Berufswelt, in der er zehn, elf Stunden täglich zubrachte. Jedenfalls schien er nichts zu vermissen, und es störte ihn auch nicht, dass Helga ständig das Wort «mein» benutzte: meine Kinder, mein Hund, mein Garten. Über seine Arbeit verlor er ebenso wenige Worte wie über seine rätselhafte Familie. Richard hegte eine mit Mitleid vermischte Sympathie für ihn. Mit seiner Tochter verheiratet zu sein war kein Pappenstiel. Doch Thomas nahm ihre ständige Bevormundung mit Gleichmut hin. Kleine Plänkeleien blieben natürlich nicht aus, aber an wirklich große Kräche konnte sich Richard kaum erinnern. Einmal allerdings hatte der Familiensegen schief gehangen, als ganz am Anfang ihrer Ehe Helga unbedingt durchdrücken wollte, ihn hin und wieder, wenn es gerade passte, auf einer seiner vielen Dienstreisen zu begleiten. Weil er dazu nicht bereit war, flossen reichlich Tränen. Doch zu Richards heimlicher Befriedigung blieb Thomas hart. Aber auch da war er nicht laut geworden. Richard kannte ihn nur schweigsam und abwesend beim Essen sitzend. Hin und wieder zog er seinen Taschenrechner hervor, auf dem er herumtippte.

Doch diesmal fielen Richard kleine Veränderungen an ihm auf: eine Spur von Gereiztheit bei Helgas endlosen Tiraden über nichts und wieder nichts, ein nervöses Zucken, wenn der Hund sich zu kratzen begann, und ein ziemlich schroffes Nein zu Helgas wortreich dargelegtem Plan, einen kleinen Teich im Garten anzulegen. Auf dem Nachhauseweg klopfte er vorsichtig bei seinem Enkelsohn auf den Busch. «Dein Vater wirkt recht abgespannt.»

«Ehrlich?» Der Junge, ganz mit dem Gedanken an den Schein beschäftigt, den ihm sein Großvater jedes Mal beim Abschied zusteckte und der hoffentlich für seine Handyschulden reichte, kuckte verblüfft. «Für sein Alter ist er doch noch gut drauf.»

«Er ist gerade fünfzig!», rief Richard irritiert.

«Sag ich doch. Dafür ist er noch ganz okay.»

Die milden Herbsttage zogen Richard immer wieder in den nahe gelegenen Park, der an ein Binnengewässer grenzte. Zuerst sah er den spielenden Hunden zu, von denen es anscheinend mehr als Kinder in der Stadt gab, denn sie tobten zu Dutzenden über die Wiese, während der Nachwuchs der Bundesbürger, der auf wackligen Beinen die Kieswege entlangtapte, eher einer Minderheit anzugehören schien. Vielleicht waren inzwischen die Gesetze geändert worden und Hunde besaßen mehr Steuervorteile. Gern beobachtete er die Kinder, wie sie aufgeregt auf dem Bootssteg hin- und hertrippelten und sich gefährlich weit zu schnatternden Enten und Gänsen hinunterbeugten, während die Mütter, das Handy wie festgeklebt am Ohr, den Blick ins Leere statt auf den gefährdeten Nachwuchs gerichtet, einer unhörbaren Stimme lauschten und sie nur gelegentlich mit einem «Sag bloß!» – «Nein!» – «Wie entsetzlich!» – unterbrachen. Richard überlegte, ob er so einen kleinen, ins Wasser geplumpsten Liebling herausfischen würde oder nicht, und kam zu dem Schluss, eher nein, denn die Wassertemperatur war nicht gerade verlockend, und schließlich hatte jeder seinen eigenen Schutzengel. Aber den Rettungsring, den würde er ihm zuwerfen. Auch den größeren Jungen, die mit einer Anglerausrüstung ausgestattet waren, mit der man einen Hai hätte fangen können, sah er interessiert zu. Sie fuchtelten außerordentlich leichtsinnig mit ihren Angeln herum, so dass sie fast ein Baby im Kinderwagen am Haken gehabt hätten, und warfen sie außerdem in gefährlicher Nähe der herumschwimmenden Enten aus. Es waren spannende Momente. Würden die Enten tauchen und den Köder verschlingen? Aber die hatten längst ihre Erfahrungen gesammelt und waren gegen solche Verlockungen gefeit. Meist verlor der Anglernachwuchs sehr schnell die Lust an diesen Unternehmen, packte verdrossen seine kostbare Ausrüstung zusammen, wobei häufig die Hälfte auf der Bank zurückblieb, und trottete, sich zankend, davon. Richard hütete sich wohlweislich, mit Jungen dieses Alters ins Gespräch zu kommen. Alte Männer und kleine Jungen, da musste man höllisch aufpassen in der heutigen Zeit, auch wenn sie noch so klein waren. Einmal war so ein Winzling völlig überraschend auf ihn zugelaufen und ihm auf den Schoß geklettert. Die Mutter kam sofort herbeigeschossen und riss das Kind von ihm weg, als hätte es sich auf einen Sprengsatz gesetzt. Es strampelte wütend und rief: «Der Onkel riecht viel besser als du!»

«Halt bloß deine Klappe», sagte die Mutter und maß Richard mit einem feindseligen Blick.

Wenn er von seinen Ausflügen zurückkam, wurde er meist herzlich von diesem oder jenem Nachbarn begrüßt. «Ich sag immer zu meiner Frau, wenn man Sie so sieht, ist das Alter doch eigentlich gar nicht eine so schlimme Sache.»

Richard lächelte jedes Mal dankbar. Ein angenehmes Gefühl, noch so jugendlich auf andere zu wirken.

Leise vor sich hin pfeifend, betrat er diesmal gut gelaunt seine Wohnung, ein soignierter, sehr passabel aussehender Zweiundachtzigjähriger, überall wohlgelitten, mit noch dichtem weißem Haar, leicht gebräunt, mit sich und der Welt nicht unzufrieden, wenn natürlich auch schon mit einigen kleinen Mängeln behaftet wie einer gewissen Schwerhörigkeit, einem Anflug von Arthrose und leider, leider einer allzusehr besorgten Tochter, wobei er sich eingestehen musste, dass Letzteres am lästigsten war. Doch bei diesem Gedanken plagte ihn sofort ein schlechtes Gewissen. War Tochterliebe nicht etwas, was alle Väter sich wünschten? Außerdem diente sie ihm als Schutzschild gegen allzu fürsorgliche Nachbarinnen, meist allein stehende Damen, deren Hilfsbereitschaft zuweilen von einem Sichaufdrängen nicht zu unterscheiden war. Ein Schwätzchen vor der Wohnungstür war durchaus angenehm. Auch mit weiblicher Bewunderung ließ es sich gut leben. Aber bitte keinen Fuß über seine Schwelle. Bei der Vorstellung, eine von ihnen würde sich gemütlich bei ihm niederlassen, mit dem Kuchenteller in der einen und der

Kaffeekanne in der anderen Hand, sitzen und reden und reden und sitzen, grauste ihm. Da war Helga immer eine passende Ausrede. Sie hielt für alles her, was es abzuwimmeln gab: das großzügige Angebot, seinen Wohnungsschlüssel zu übernehmen, um den Ableser der Wasserwerke, wenn er nicht da war, hereinzulassen, oder größere Einkäufe für ihn zu erledigen.

«Was für ein Glückspilz Sie sind, mit so einer Tochter», hieß es dann säuerlich, begleitet von einem Blick, der sagte: Gegen Töchter ist kein Kraut gewachsen. Dagegen war er milden, an der Wohnungstür überreichten Gaben nicht abgeneigt. Und so freute er sich auf eine von den zurückhaltenderen Damen mit den taktvollen Worten: «Können Sie sich nicht dieses Restes erbarmen? Es wäre doch ein Jammer, ihn wegzuschütten» abgegebene Tomatensuppe mit Fleischklößchen, die er sich zum Mittagessen warm machen wollte.

Ein Anruf von Helga zerstörte sein beschauliches Tun. Das, was sie ihm zu sagen hatte, verdarb ihm gründlich den Appetit. Thomas war Knall auf Fall entlassen worden.

«Wie schrecklich für den armen Jungen!», rief Richard. «Das muss ja ein Schock für ihn gewesen sein!»

Zu seiner Verblüffung reagierte Helga völlig ungerührt. «Der arme Junge, wie du ihn nennst, wird schon was Neues finden. Er darf den Kopf eben nicht in den Sand stecken. Anstrengen muss er sich halt.»

Die Art, wie sie es sagte, missfiel ihm. Es klang sehr herzlos.

«Ich denke, das hat er bis jetzt doch bewiesen», sagte er missbilligend, «bei dem Lebensstandard, den ihr euch leistet.»

«Jeder auf seinem Platz», sagte Helga. «Wir haben alle unsere Pflichten. Mach dir keine Gedanken.»

Aber das tat er natürlich. Wahrscheinlich meinte es Helga gar nicht so. Sie war ja leider immer etwas «bumm-bumm», wie seine Frau das genannt hatte.

Um sich abzulenken, fuhr er am Nachmittag in die Innenstadt und sah auf den freien Plätzen dem «fahrenden Volk» zu, das sich auf die verschiedenste Weise präsentierte. Abgesehen von den Musikanten, die von Vivaldi bis zur böhmischen Polka ein sehr gemischtes Programm boten, ergötzte er sich auch an den artistischen Darbietungen. Der Maschinenmann war einer seiner Lieblinge. Von Kopf bis Fuß silbrig glänzend, imitierte er bei einer stampfenden Musik mit ruckartigen Bewegungen einen Roboter. Nicht weit davon entfernt stand ein lebendes Denkmal, ein Mann, mit Wams und Barett bekleidet wie Walther von der Vogelweide, regungslos auf einem Podest. Passanten begafften ihn und hofften, irgendein Ereignis, ein Niesreiz, eine Fliege oder gar eine Wespe, würde ihm seine steinerne Ruhe rauben. Zu Richards Bedauern war das in seiner Gegenwart noch nie passiert.

Er hatte seine gute Laune wiedergefunden und

nahm sich vor, über dieses Familienproblem nicht weiter nachzudenken. Die beiden waren erwachsen und mussten selbst sehen, wie sie mit den Schwierigkeiten des Lebens fertig wurden. Doch ein leises Unbehagen blieb.

Der wirkliche Schlag kam ein paar Tage später: Thomas hatte seine Familie verlassen und Helga deutlich zu verstehen gegeben, dass er weder für Geld noch gute Worte zu ihr zurückkehren würde. Er ging und ward im wahrsten Sinne des Wortes nicht mehr gesehen. Der Mann aus dem Nichts war dorthin zurückgekehrt, und niemand wusste, wo er geblieben war.

Die erste Zeit danach fürchtete Richard ernstlich um Helgas Verstand. So aufgelöst hatte er sie noch nie erlebt, obwohl auch die Trauer um die Mutter schon an der Grenze des Fassbaren gewesen war. Zuerst hörte er sich ihr Lamento noch geduldig an und versuchte, sie zu trösten. «Vielleicht war es ja nur eine Kurzschlusshandlung, und er kommt wieder zur Besinnung. Lass ihm doch ein bisschen Zeit.»

«Ich bin nicht Mama!», rief sie. «Soll er doch bleiben, wo der Pfeffer wächst!»

«Wie du meinst, Kind», sagte Richard, der sich angegriffen fühlte. «Dann ist es ja gut.»

Aber das war es natürlich noch lange nicht. Bei jedem Telefongespräch und den sonntäglichen Mittagessen gab es nur ein Thema. Bis die Töchter es nicht mehr aushielten. Sogar Klein-Schlappi zog aus und in eine WG. Zurück blieb eine völlig aus den Fugen geratene Helga, die auch für Richard den Sonntagmittag zum Alptraum machte. Sie redete ohne Punkt und Komma, und er sah voller Schaudern, wie sie dabei die Puppe in den Arm nahm und an ihr herumzupfte. Leider hatten bei diesem Unglück auch ihre Kochkünste entschieden Schaden genommen. Von exzellent konnte keine Rede mehr sein. Meist gab es nur irgendeine langweilige Suppe oder Würstchen mit Kartoffelsalat. Schließlich ließ auch er sie in ihrem Jammertal sitzen und folgte der Einladung eines befreundeten Ehepaares nach Bayern. Helga wollte ihn unbedingt mit dem Auto hinfahren. Aber er schaffte gerade noch, ihr das auszureden. Zuerst fürchtete er, sie würde ständig bei seinen Gastgebern anrufen, doch das tat sie glücklicherweise nicht.

Richard blieb länger als geplant, und als er wieder zurückgekehrt war, konnte er zu seiner großen Erleichterung feststellen, dass es Helga sehr viel besser ging. Sie hatte anscheinend den Schock überwunden. So nahm er, und das nicht einmal ungern, seinen sonntäglichen Mittagsbesuch wieder auf, und tatsächlich, Helga wirkte gelöst, ja, fast heiter. Zwar hatte sie von Thomas nichts mehr gehört, aber die finanziellen Dinge wurden korrekt über einen Anwalt geregelt. Und es sah so aus, als ob es in diesem Punkt weniger Schwierigkeiten gab als befürchtet. Um so mehr überraschte ihn ihre Mitteilung, dass sie, sehr zum Unwillen ihrer Kinder, das Haus verkauft hatte und in Kürze umziehen werde. «Es wird alles gut», sagte sie und streichelte seine Hand. «Du wirst sehen. Wir fangen jetzt ein völlig neues Leben an.»

Das Wort «wir» machte ihn stutzig. «Wohin ziehst du denn?», fragte er beunruhigt.

«Ganz in deine Nähe. Fünf Minuten zu Fuß. Eine wunderbare Wohnung. Ist das nicht herrlich? Schon nächste Woche ziehe ich um. Sei bitte so nett und heb mir solange die Puppe auf. Sonst geht sie bei dem Durcheinander kaputt.» Sie legte sie ihm auf den Schoß. «Mama», sagte die Puppe.

Völlig benommen fuhr er mit einem Taxi nach Haus. Mit hängenden Schultern schlurfte er den Hausflur entlang und dachte mit greisenhafter Rührung an seine Edith. Was für eine wundervolle Frau war sie doch gewesen! Immer fröhlich, dabei hatte sie doch so viel durchgemacht. Der Vater gefallen, die Mutter auf der Flucht umgekommen. Ach, sie fehlte ihm wirklich sehr.

Seine Nachbarn, die gerade ihre Wohnung verließen, sahen sich an. «Jetzt wird er alt», murmelte der Mann. «Und wir auch.»

«Unsinn», sagte seine Frau, die sich gerade neue Zähne hatte einsetzen lassen. «Du bist immer so negativ.»

Am nächsten Tag fand Richard eine Nachricht von seinem Schwiegersohn im Briefkasten. «Lieber Schwiegerpapa, ich habe hier ein wundervolles Plätzchen gefunden. Du wärst begeistert. Sonne pur. Hättest du nicht Lust, deinen Lebensabend bei mir

zu verbringen?» Als Absender gab es nur ein Post-
fach in Italien. Richard faltete den Brief sorgfältig
zusammen und sah nachdenklich vor sich hin. Sein
Gedächtnis schob das Geröll der Jahre beiseite, und
in seiner Erinnerung blitzte etwas Weites, Blaues auf
und davor eine zierliche Badenixe im Bikini. Er
machte vergnügt einen kleinen Hopser und pfiff
einen Schlager aus den fünfziger Jahren: «Wenn bei
Capri die rote Sonne im Meer versinkt ...»

Die Klagemauer

Unwillkürlich stieß Margot einen kleinen Schrei aus und schloss erschrocken die Augen, als sie sah, wie sie in vierfacher Ausführung nackt auf sich zuschritt, ein Anblick, der ihr auch die kleinste Illusion, trotz ihrer fünfundachtzig Jahre noch einigermaßen passabel auszusehen, endgültig raubte. Anscheinend hatte sich der Architekt mit diesem Spiegelkabinett von Badezimmer so verausgabt, dass es gerade noch für eine Dusche und ein zwar reichlich mit Ornamenten verziertes, aber nur spucknapfgroßes Waschbecken gereicht hatte, so dass einem, wenn man sich die Hände waschen wollte, das Wasser entgegenspritzte. Auch das Zimmer in diesem Hotel war nicht gerade ein Ort trauter Gemütlichkeit, jedenfalls nicht für einen alten Menschen. Die futuristischen Stühle wirkten kipplig, und das Bett war spartanisch nur mit einer Decke ausgestattet. Immerhin entschädigte der Blick über den Fluss und die Stadt, in der sie viele Jahre verbracht hatte, ehe die Bomben alles in Schutt und Asche legten. Sie war das letzte Mal hier gewesen, als sie kurz vor Kriegsende, den Rucksack auf dem Rücken, das Weite gesucht hatte und an dem riesigen Bombentrichter, an dessen Stelle jetzt das Hotel stand, vorbeihastete. Mehr als eine halbe Ewigkeit war das nun schon her.

Sie beschloss, sich ein wenig hinzulegen, um für die Geburtstagsfeier, die ihr Neffe Hans in seinem Haus für sie ausgerichtet hatte, frisch zu sein. Sie stellte den Fernseher an, aber aus einem unerklärlichen Grund bekam sie nur zwei Programme auf den Bildschirm. Auf dem einen wälzte sich ein Paar mit dem üblichen Stöhnen auf einem Bett, auf dem anderen flatterte die Biene Maja über eine Wiese. Sie schaltete den Fernseher wieder aus und ließ ihre Gedanken wandern. Sie war immer noch ganz überrascht, dass es ihrem Neffen gelungen war, sie aus ihrem Bau zu locken. Natürlich war sie sehr gerührt gewesen, als ihr die Einladung zum Fünfundachtzigsten, den sie eigentlich nicht weiter feiern wollte, ins Haus geflattert kam, als Motto mit dem Wilhelm-Busch-Vers «Schön ist es auch anderswo, und hier bin ich sowieso» und witzigen Aufklebern versehen. Dabei lag ein Briefchen von Hans mit einer Liste der anderen Gäste. Tagelang dipperte sie herum, ob sie absagen oder zusagen sollte. In den letzten Jahren hatte sie «ihre Leute», wie sie ihre Familie nannte, nur selten gesehen. Ihre Geschwister waren gestorben, und die Zahl an Neffen und Nichten war eher bescheiden. Aber ehrlich gesagt hatte sie unter dem mangelnden Kontakt nicht gelitten. Vor zehn Jahren sah das noch anders aus. Da hatte ab und zu jemand hereingeschaut, um bei ihr auf der Besuchsritze zu schlafen und das Hotel zu sparen. Man ließ sich von ihr verwöhnen, erzählte den neuesten Familienklatsch und brachte so ein bisschen frischen Wind in ihr Leben. Doch in letzter Zeit hatte wohl nicht nur sie das Gefühl, dass so ein Besuch für alle Beteiligten etwas mühsam geworden war. Das kleine Gästezimmer war mit Ausrangiertem voll gestopft, von dem sie sich nicht trennen mochte, so dass im Schrank kein Platz mehr für die Kleidung von Gästen war, dem Heizkörper war keinerlei Wärme mehr zu entlocken, weil das Ventil sich nicht mehr bewegen ließ, und der Riesenkaktus, auf dem kleine Spinnen anscheinend das Netzweben übten, verhinderte das Öffnen des Fensters. Auch benutzte die gute Tante den Teebeutel beim Frühstück etwas zu häufig und hielt das Klopapier knapp, so dass man sich mit Tempotaschentüchern behelfen musste. Aber Margot, eingesponnen in den gemütlichen Kokon ihrer Gewohnheiten und ihrer täglichen Rituale, nahm das Ausbleiben ihrer Leute kaum wahr. Dazu war sie schon zu lange allein. Sie war nie verheiratet gewesen, sondern hatte nur einen «Bekannten» gehabt, wie man den Lebensgefährten vor dreißig Jahren noch nannte. Als er vor fünfzehn Jahren starb, fanden das ihre Leute zwar sehr bedauerlich, aber mit dem Verlust eines Ehemannes natürlich keineswegs zu vergleichen. Der Bekannte hatte lediglich existiert, damit hatte man sich abgefunden. Doch richtig wahrgenommen wurde er nicht. Nur gelegentlich tuschelte man sich zu, dass es da noch eine Ehefrau in der DDR gab.

So etwas wie Langeweile war für Margot ein Fremdwort. Wenn sie sonst nichts vorhatte, spielte sie gern Mikado mit einer Fünfundneunzigjährigen, die ihr das Gefühl gab, doch eigentlich noch sehr jung zu sein. Was das Gedächtnis betraf, konnte die Nachbarin es allerdings allemal mit ihr aufnehmen. So wusste sie noch, dass Ehefrauen nach dem Krieg, bevor sie eine Berufsausbildung anfingen, dazu die Einwilligung des Ehemanns benötigten. Hin und wieder passierte es allerdings, dass die alte Dame über Alpträume klagte und daraus schloss, dass nun das Leben wirklich zu Ende ging.

«Nicht doch», sagte Margot und rollte geschickt ein Mikadostäbchen beiseite. «Vielleicht haben Sie etwas Schweres zum Abendbrot gegessen.» Das gab die Nachbarin unumwunden zu. Spickaal mochte sie einfach zu gern.

Eine weitere Lebensgewohnheit war der wöchentliche Blumenstrauß, den sie sich in dem kleinen Blumenladen an der Ecke holte. Früher, als es in ihrer Nähe eine große Bank gegeben hatte, war dort viel Betrieb gewesen. Aber jetzt war die Filiale geschlossen worden und damit der Kundenkreis zusammengeschrumpft. Doch die Besitzerin, eine resche Siebzigjährige, ließ sich den Mut nicht nehmen. «Hauptsache», sagte sie, «man hat ein Dach überm Kopf, warme Füße und was zu essen.» Dass sich der Laden überhaupt noch hielt, verdankte sie unter anderem ihrem Talent als Trösterin. Natürlich konnte kein Kunde, der ihr das Herz ausgeschüttet oder einen Rat eingeholt hatte, ohne eine Gegenleistung den Laden verlassen, und so verabschiedete er sich von ihr je nach Länge des Trostgesprächs mit einem kleinen oder großen Blumenstrauß. Margot holte sich gern Zuspruch bei der Blumenfrau, obwohl sie manchmal fand, dass der Preis dafür doch recht hoch war.

Auch diesmal benutzte sie die Blumenfrau als Ratgeberin, schließlich musste die überraschende Einladung von allen Seiten beleuchtet werden. Die Blumenfrau fand die Idee von Margots Leuten geradezu nachahmenswert. Anstatt die Jubilarin zu Hause zu bedrängen, nahm man ihr all die Unbequemlichkeiten einer Feier ab und bescherte ihr einige entspannte Tage in einem guten Hotel. Ja, sogar an die Unbequemlichkeit der Reise war gedacht worden, und man hatte eine Nichte beauftragt, sie auf der Zugfahrt zu begleiten, damit so etwas wie Reisefieber gar nicht erst aufkommen konnte. Selbstverständlich, sagte die Blumenfrau und drückte einem noch unschlüssigen Herrn eine große, teure Azalee in die Hand, selbstverständlich müsse Margot diese Einladung annehmen. Gerade im Alter seien neue Eindrücke enorm wichtig. Einfach mal raus!

Mit einem für ihre Verhältnisse wirklich üppigen Blumenstrauß marschierte Margot getröstet nach Haus, fest entschlossen, diesen Rat zu befolgen, ärgerte sich aber gleichzeitig ein wenig, dass die

Blumen nicht so frisch waren, wie man es bei einem so großzügigen Kauf hätte erwarten können.

Sie traf rechtzeitig ihre Vorbereitungen, brachte ihr «praktisches Kostüm» zur Reinigung, bat die nette Nachbarin dreimal hintereinander, in diesen Tagen nach ihren Pflanzen zu sehen, ging zum Friseur, der ihr einen Haarschnitt aufschwatzte, in dem sie aussah, als hätte sie ihr Leben als große Tragödin auf der Bühne verbracht, und wurde zwei, drei Tage vor der großen Reise von unruhigen Träumen geplagt.

Margot seufzte, als sie daran dachte. Ihr Blick fiel auf das praktische Kostüm, das sie achtlos auf einen Stuhl geworfen hatte, anstatt es aufzuhängen. Aber das Praktische daran war ja gerade, dass es nie knautschte und sie damit für jede Gelegenheit passend gekleidet war. Sie stand auf und öffnete die Schranktür, um einen Bügel herauszuholen. Dabei fiel ihr Blick auf die Preistafel, und sie stieß erneut einen erschrockenen Schrei aus. Neffe Hans musste verrückt sein! In was für Unkosten hatte sich der Junge gestürzt. Allein schon die Fahrt erster Klasse im Intercity. Wirklich sehr großzügig, der gute Junge. Übrigens der Einzige in der Familie, der eine steile Karriere gemacht hatte und Direktor einer großen Bank geworden war.

Den anderen Familienmitgliedern schien es weniger gut zu gehen, vor allem Nichte Mechthild, die sie abgeholt und sie umgluckt hatte, als käme sie direkt von der Intensivstation: «Hast du auch deine

Tabletten nicht vergessen?» – «Ist das Ventil von der Waschmaschine zugedreht?» – «Ist das Portemonnaie in der Handtasche?» – Margot war etwas ungeduldig geworden. «Ja natürlich, Kind.» Sicher, hin und wieder vergaß sie etwas. Neulich wäre sie fast mit Hausschuhen und in der Strumpfhose zur Bushaltestelle gegangen. Aber glücklicherweise hatte sie es noch vor der Haustür gemerkt und war rechtzeitig wieder umgekehrt. Sonst hatte sie ihre fünf Sinne nun wirklich noch beisammen. Ihre Ungeduld verflog denn auch sehr schnell. Wie beruhigend, jemanden neben sich zu haben, der für einen alles organisierte. Die Fahrt im ICE erwies sich als äußerst angenehm. Keine Verspätung, keine ständig schrillenden Handys im Großraumwagen und ein fürsorglicher Schaffner, der ihnen sogar zwei liegen gelassene Illustrierte zur Zerstreuung brachte.

«Liest du etwa so was?», fragte Mechthild, die gerade anfangen wollte, der Tante von ihrem interessanten Leben zu erzählen.

«Nein», sagte Margot eingeschüchtert und legte mit einem sehnsüchtigen Blick auf den Titel: «Prinzessin Di's Double packt aus» die Zeitschrift beiseite. «Ich bin ganz Ohr.»

Und Mechthild legte los. Erst hatte der Lebensgefährte sie Knall auf Fall verlassen und war zu seiner Frau zurückgekehrt. Margot erinnerte sich dunkel, dass dieser wundervolle Mensch mit seinen wie abgeknabbert wirkenden Ohren schon immer ein rechter Wurzelzwerg gewesen war, und sie dachte, ihre

Nichte sollte sich glücklich schätzen, ihn los zu sein. Schon allein der Kult, den er mit seinen Pfeifen trieb, das Stopfen, Anzünden und das Rauchen, und die Art, wie er sie gedankenvoll hielt, hatte etwas Aufreizendes. Aber sie verkniff sich jede Bemerkung über diese Tragödie, der noch eine zweite folgte. Mechthild war gekündigt worden, und das, obwohl sie noch nie gefehlt hatte. Einfach so, wisch und weg, von heut auf morgen. Den Betriebsrat, den könne man doch vergessen, ganz zu schweigen von den Gewerkschaften. All diese Schönredner in ihren Armani-Anzügen mit der Drittfrau am Arm und zweitem Wohnsitz in der Schweiz, wo sie ihrer Leidenschaft, dem Golf, frönten. Dabei habe man die Firma erst vor einem Jahr völlig umgekrempelt. Alles neu, Schnickschnack hier und Schnickschnack da, nichts konnte teuer genug sein. Und jetzt spare man an den Angestellten.

Während Margot in ihrem behaglichen Sessel die Landschaft an sich vorbeiziehen ließ, war sie emsig, wenn auch oft vergeblich, bemüht, alles akustisch mitzubekommen. Kurz entschlossen nickte sie zustimmend, auch wenn sie etwas nur zur Hälfte verstand. Genau so hatte sie es vor ein paar Wochen im Kaufhaus bei der Verkäuferin getan, als sie endlich auf sie stieß, nachdem sie eine Ewigkeit in der riesigen Wäscheabteilung zwischen Ständern, an denen überdimensionale Büstenhalter hingen oder mit flotten Sprüchen versehene Herrenunterhosen, herumgeirrt war. Ein teilnehmender Satz von ihr, und das Geschöpf blühte förmlich auf, und während sie das Gewünschte heraussuchte, zischte sie ihre ganze Wut in Margots rechtes Ohr, mit dem es nicht mehr zum Besten stand, so dass sie nur Bruchstücke wie «unerhört», «Ausbeutung», «Straße gehen» verstehen konnte sowie die Drohung, aus der Gewerkschaft auszutreten. Dankbar für eine mitfühlende Seele, zauberte die Verkäuferin aus einer entfernten Ecke etwas besonders Preiswertes von hervorragender Qualität ans Licht und zog beim Kassieren noch zwanzig Prozent wegen für Margot nicht sichtbarer Mängel ab. Während sie daran dachte, fielen ihr gleichzeitig der kleine Milchladen in ihrer Ecke vor dreißig Jahren ein mit einer äußerst pampigen jungen Bedienung, deren Minirock kürzer als ihr Schlüpfer war, über die Margot sich bei dem Inhaber beschwerte, und dann die Antwort des Chefs: «Kunden, meine Dame, Kunden gibt's reichlich, aber Verkäuferinnen nicht.» Ach ja, ach ja, die alten Zeiten.

Inzwischen hatte sie sich wieder aufs Bett gelegt und musste eingeschlafen sein, denn als sie, vom Klingeln des Telefons geweckt, hochfuhr, wusste sie im ersten Augenblick gar nicht, wo sie war. Es war Neffe Hans, der Erfolgreiche. Er wollte sich erkundigen, wie es ihr denn so gehe, und teilte ihr mit, dass er sie gegen 18 Uhr abholen und zu seiner kleinen Hütte bringen würde. Mit einem «Wir freuen uns alle schon so auf dich» verabschiedete er sich.

Margot wurde es warm ums Herz. Der gute Junge, ehemals ein Meister im Nasebohren. Bis auf diese

Angewohnheit, die seinen Vater zur Verzweiflung brachte, war Hänschen ein lustiges Kerlchen gewesen, immer vergnügt und guter Dinge. Um so unverständlicher, dass ihn Angelika nach dreißig Jahren Ehe verlassen hatte. Ein unerfreuliches Kapitel, dem Margot sich nicht länger widmen wollte. Sie erhob sich und machte sich für den Abend zurecht, wobei sie das Badezimmer vorsichtshalber im Unterrock betrat.

Neffe Hans' bescheidene Hütte entpuppte sich als stattliche Villa mit einem parkähnlichen Garten, in dem sich sogar ein kleiner, schilfumrandeter Weiher befand, auf dem eine einsame Ente melancholisch ihre Kreise zog. Die Familie wartete bereits in dem geräumigen Wohnzimmer auf sie und erhob sich lachend von den wuchtigen Möbeln, die wirkten, als wären sie für Riesen angefertigt. Es war nur ein Häuflein klein, das sie mit Küsschen hier und Küsschen da begrüßte. Außer dem neuen Mitglied des kollektiven Freizeitparks, wie Nichte Mechthild ihr Arbeitslosendasein spöttisch nannte, gab es da noch eine Großnichte mit einem etwa zweijährigen Jungen, die sie das letzte Mal bei deren Konfirmation gesehen hatte, ein ihr völlig aus dem Gedächtnis gefallenes Ehepaar, aber ebenfalls mit ihr verwandt, und die ein paar Jahre jüngere Kusine Wilhelma, wie immer hochelegant angezogen. Während ein Mädchen im schwarzen Kleid und weißer Schürze den Sherry servierte, ließ sie ihren Blick durch den Raum schweifen. Die Bilder an den Wänden mit ihren holzschnittartigen Figuren waren nicht gerade nach ihrem Geschmack, aber sie waren sicher ebenso kostbar wie all das, was sonst so im Raum herumstand oder in gläsernen Vitrinen lag. Neffe Hans eilte als Gastgeber geschäftig hin und her. Margot fand, er sah immer noch gut aus, wenn auch ziemlich zerfaltet. Dass ihn Angelika verlassen hatte, musste ein großer Schock für ihn gewesen sein.

Das Esszimmer mit seinem spiegelnden Parkett, dem antiken Geschirrschrank, den geschnitzten Stühlen und den großen Fenstern konnte es durchaus mit dem Wohnzimmer aufnehmen. Hänschen hatte sich wirklich Mühe gegeben. Der Tisch war festlich gedeckt, und eine Kochfrau mit zwei Hilfskräften sorgte für gutes Essen und aufmerksame Bedienung. Der Hausherr hielt eine launige Ansprache auf die Jubilarin, bei der er nicht vergaß, ihre Großzügigkeit zu erwähnen, denn sie war die Tante gewesen, die ihm als Jungen einmal eine ganze Schachtel Negerküsse mitgebracht hatte. Das sei ihm bis heute im Gedächtnis haften geblieben. Er habe sie in sein Baumhaus geschleppt und hintereinander in sich hineingestopft. Die Folgen wolle er lieber nicht schildern. Alles lachte, und Nichte Mechthild schloss sich seinem Lob an und sagte, ihr habe Tante Margot, sie müsse so etwa zwölf gewesen sein, ein Betty-Barclay-Kleid geschenkt, der Traum eines jeden Mädchens in ihrer Klasse. Dunkelblau und, das müsse sie sagen, ziemlich ausgeschnitten.

Nach dem Essen zog man sich wieder in das prächtige Wohnzimmer zurück, sammelte sich um den knisternden Kamin und sprach gerührt von alten Zeiten. Dazwischen wuselte das pummelige Kind der Großnichte, das vergnügt von einem zum anderen wackelte und dauernd: «Mama, Papa, Mama, Papa!» rief. Mechthild neigte sich zu Margot. «Der arme Junge. Er kriegt ja noch gar nicht mit, dass sein Papa nicht mehr da ist. Andreas war vor Christina schon mal verheiratet, und plötzlich hat er wohl gefunden, aller guten Dinge sind drei. Jetzt liegen die Anwälte im Clinch wegen des Unterhalts.»

Margot warf ihrer Großnichte einen mitleidigen Blick zu. Die arme Kleine sah wirklich recht mitgenommen aus. «Mama, Papa», sagte das Kind und legte seine mit Schokolade verschmierten Händchen auf Margots praktisches Kostüm.

Die Unterhaltung war lebhaft, aber auch mit vielen Klagen vermischt, über neue Gesetze, die sich nachteilig auf die Geschäfte auswirkten, und nicht zuletzt über die Gesundheit, die sehr zu wünschen übrig ließ, so dass Margot schließlich das Gefühl bekam, ihre Leute seien alle vom Pech verfolgt.

Margot wollte sich zum Hotel ein Taxi nehmen, aber das duldete Neffe Hans nicht. Er brachte sie persönlich zurück. Der Weg war nicht weit, doch er reichte für Hans aus, um ihr sein Herz auszuschütten. Es war ihm immer noch unerklärlich, warum Angelika ihn verlassen hatte. Ein anderer Mann steckte jedenfalls nicht dahinter, und gerade das machte es, wie Margot fand, besonders kränkend. Es war leichter zu verstehen, dass sich jemand plötzlich leidenschaftlich umverliebte, als dass man verlassen wurde, weil einem der Partner so bis zum Halse stand, dass er es nicht mehr aushielt.

«Und stell dir vor», sagte Hans, «sie wollte nichts von den Sachen aus dem Haus haben! ‹Den Plunder kannst du behalten›, hat sie gesagt. Dabei ist sie es doch gewesen, die das Haus eingerichtet hat.»

Nachdem all das «Dann hab ich gesagt» und «Dann hat sie gesagt» abgespult war, hielt er an. Das Hotel war erreicht. Sie war so konfus von dem vielen Gerede, dass sie die Chipkarte mehrmals verkehrt herum in die Tür steckte und es eine Weile dauerte, bis sie begriff, weshalb die Tür nicht aufging.

Während sie versuchte, das Kopfkissen so zu knautschen, dass es ihr Nacken behaglich hatte, kam ihr in den Sinn, dass ganz offensichtlich die Maxime ihrer Blumenfrau, «Hauptsache ein Dach überm Kopf, warme Füße und genug zu essen», für diese Generation nicht mehr galt, denn auch ihre arbeitslose Nichte musste erst einmal unbedingt vierzehn Tage nach Mallorca, um sich von ihren Schicksalsschlägen zu erholen. Aber was kümmerten sie die Jungen. Sie waren nun mal, wie sie waren. Sie freute sich auf jeden Fall sehr auf morgen und ihren Besuch bei Kusine Wilhelma, mit der sie nur wenig hatte sprechen können. Man konnte so schön mit ihr quatschen und war sich immer so herrlich über alles einig. Wilhelma hatte stets verstanden, die Sahne abzuschöpfen, und sich gleich nach dem Krieg einen Mann geangelt, bei dem sie keinen Moment das Geld zusammenkratzen musste. Sie besaß ein glückliches Naturell und war durch nichts unterzukriegen, weder durch Bomben noch durch das unerfreuliche, aber vorübergehende Lagerleben als Flüchtling, nicht durch die provisorische Unterkunft in einem Schweinestall und schon gar nicht durch die Männer. Nach dem Tode ihres Mannes war sie in ein luxuriöses Seniorenheim gezogen, wo es ihr aber anscheinend nicht gefallen hatte. Jedenfalls lebte sie zwei Jahre später wieder in einer Eigentumswohnung, die in einer Villengegend am Stadtrand lag.

Das für den Besuch nötige Taxi hatte Hans bereits bestellt, und der Taxifahrer, einer von der gesprächigen Sorte, war nach kurzem Umweg über Rinderwahnsinn, Antibiotika im Bienenhonig und Salmonellen im Geflügelsalat bei seiner Frau angelangt, die einfach nicht einsehen wollte, dass es doch zu Hause auch sehr gemütlich ist, vor allen Dingen, wenn man wie er den ganzen Tag herumkutschen muss. «Weiber», sagte der Taxifahrer und schlug mit der geballten Faust auf das Steuer.

Sein Problem ließ Margot ziemlich kalt. Sie starrte stattdessen auf den Tachometer, der bereits einen stolzen Preis anzeigte. Der arme Hans, der musste das nun alles bezahlen.

Zunächst schien es, als sei die Vorfreude auf die lebenslustige Kusine berechtigt gewesen. Sie lachten und schwatzten von früher, bis Margot harmlos fragte: «Warum bist du denn aus dem Heim wieder ausgezogen?»

Wilhelmas Gesicht umdüsterte sich. «Na ja», sagte Margot besänftigend. «Es ist eben nicht alles Gold, was glänzt. Bei vielen Heimen soll es ja an ordentlichem Personal fehlen.»

Doch das war nicht der Grund. Im Gegenteil, das Seniorenstift wurde tadellos geführt. Wilhelma hatte sich mit einem älteren Herrn liiert, der sich nicht nur als rasanter Autofahrer entpuppte, so dass sie auf der Autobahn alle Augenblicke entsetzt die Augen schloss, sondern auch als jemand, der nach allen Seiten offen ist, was bedeutete, dass er sich gern von anderen weiblichen Senioren verwöhnen ließ, so dass es viel Hin und Her gab. Aber Wilhelma gehörte nicht zu denen, die sich auf der Nase herumtanzen lassen. Nach dem Motto «Was nützet mir ein schöner Garten, wenn andre drin spazieren gehn» war sie kurz entschlossen wieder ausgezogen, und, das war das Kränkende daran, es hatte ihm anscheinend überhaupt nichts ausgemacht. Obwohl diese Affäre bereits drei Jahre zurücklag, war sie merkwürdigerweise immer noch nicht darüber hinweg. Nach zwei Stunden «Da habe ich gesagt» und «Da hat er gesagt» warf Margot das Handtuch. «Ich glaube, es wird für mich Zeit», sagte sie matt.

Wilhelma sah sie schuldbewusst an. «Tut mir Leid, ich rede und rede.»

Als sie den Taxifahrer vor dem Hotel nach dem

Preis fragte, winkte er ab. Wilhelma hatte ihn bereits bezahlt.

Die Rückfahrt fand nicht im Intercity statt, wie sie gehofft hatte. Die Großnichte bot sich an, sie mit dem Auto nach Haus zu fahren, da sie sowieso in diese Richtung musste und Onkel Hans ihr das Benzin bezahlte. Und wieder blieb Margot nichts anderes übrig, als die Seelentrösterin zu spielen, denn auch die allein erziehende Mutter verspürte ein heftiges Bedürfnis, über ihren ehemaligen Partner herzufallen. Und während Margot wieder eher unfreiwillig Szenen einer Ehe mit vielen «Da habe ich gesagt» und «Da hat er gesagt» über sich ergehen ließ, plapperte der kleine Junge fröhlich «Mama, Papa» vor sich hin. Auch die Großnichte liebte ein schnelles Tempo und fuhr so dicht auf, dass Margot, wie ihre Kusine Wilhelma bei ihrem Verehrer, alle Augenblicke erschreckt die Augen schloss. Dafür schleppte ihr die Großnichte fürsorglich den kleinen Koffer in ihre Wohnung und fragte, ehe sie sich verabschiedete, ob sie ihr vielleicht noch eine Kleinigkeit einkaufen sollte.

Ganz glücklich darüber, wohlbehalten wieder zu Hause angekommen zu sein, schusselte Margot in ihren vier Wänden herum, die sich, wie immer, wenn sie ein paar Tage weg gewesen war, ein wenig abweisend zeigten, so, als wollten sie Margot bestrafen. Der Griff des Kippfensters ließ sich plötzlich nur mit Kraft bewegen, die Schranktür klemmte, und der auf Vorrat gegossene Blumentopf hatte einen hässlichen gelben Fleck auf dem Tisch hinterlassen. Aber schnell kam wieder die alte Gemütlichkeit auf. Sie hängte das praktische, mit Schokolade verzierte Kostüm in den Schrank zurück, füllte die Waschmaschine und stellte das Radio an.

Am Tag darauf stattete sie der Blumenfrau einen Besuch ab. Zu ihrer Verwunderung erwies sich diese diesmal nicht als gute Zuhörerin. Sie wirkte zerstreut und warf achtlos beim Binden eines Straußes mehrere durchaus noch passable Blüten in den Abfall. Wie Margot nach vorsichtigem Fragen herausbekam, hatte ihre Tochter sich von ihrem Mann getrennt.

«Einfach in die Bohnen gestellt, die dumme Göre. Müsste doch nun wirklich allmählich wissen, wo's langgeht, wenn man zwei Kinder hat. Was ist bloß los mit den jungen Frauen? Eine Moral ist das! Wo hätte es so was früher gegeben? Höchste Zeit, dass ihr mal jemand die Leviten liest.» Sie zupfte an einer Blume herum, als seien es die Ohren ihres missratenen Kindes. Margot lachte. Was die Moral betraf, gab es wohl in keiner Generation große Unterschiede. Und auch bei der Blumenfrau war einiges im Busch gewesen. Die Blumenfrau kuckte säuerlich.

«Müssen ja lustige Tage für Sie gewesen sein. So aufgemöbelt kenne ich Sie sonst gar nicht.» Und schon wieder mit der Tochter hadernd: «Dauernd quäken sie einem mit ihrem Mist die Ohren voll. Nie können sie mal was alleine für sich abmachen. Da waren wir doch anders.»

Margot ließ ihre Augen über die Blumen schweifen, die, wie sie fand, von Mal zu Mal teurer wurden, und sagte, ganz gegen ihre Überzeugung: «Weiß Gott, das waren wir.»

«Setzen Sie sich doch einen Moment», sagte die Besitzerin wohlwollend. «Oder haben Sie es eilig?»

Der Blumenstrauß, den Margot nach Hause brachte, war so üppig ausgefallen, dass er für drei Vasen reichte. Sie betrachtete sich prüfend das Arrangement. Nelken gehörten eigentlich nicht gerade zu ihren Lieblingsblumen, aber einem geschenkten Gaul ...

Das grüne T-Shirt

Jedes Mal, wenn Omi im Anmarsch ist, gibt es bei Mami Geseufze. «Ausgerechnet in dieser Woche, wo ich in Dickis Wohnung nach dem Rechten sehen wollte. Wahrscheinlich keimen die Kartoffeln mal wieder fast durch die Decke, und der Wasserhahn ist nicht richtig zugedreht!»

Dicki ist von Beruf Saftschubserin, also Stewardess, und meine große Schwester und zugegebenermaßen nur selten in ihren vier Wänden anzutreffen.

«Was machst du wieder für ein Gewese?», sagt Papi, einen von Omis Lieblingsausdrücken benutzend. «Unser Haus besitzt eben für jedermann eine starke Anziehungskraft.»

Mami reagiert entrüstet. «Meine Mutter ist nicht jedermann und ist jederzeit willkommen.»

Papi schüttelt resigiert den Kopf. «Mein Gott, hab ich das Gegenteil behauptet?»

«Nein, aber gedacht.» Und schon liegen sie sich in den Haaren.

Nur ich bin richtig happy. Mit Omi kommt endlich mal wieder Geld für mich in die Kasse. Sie hat nämlich ziemlich schnell gecheckt, dass ich die einzige anständige Matratze besitze, auf der ein alter Mensch schmerzfrei liegen kann. Als sie eines Tages mit dem Wunsch herausrückte, in meinem Zimmer zu schlafen, blickte Mami äußerst skeptisch, denn ich lasse nun mal ungern mit mir handeln. Was mir zusteht, steht mir zu, und dazu gehört an erster Stelle mein Zimmer.

Aber Omi war ganz zuversichtlich. «Lass mich man machen», hat sie nur gesagt. «Ich regle das schon mit dem Jungen.»

Und das hat sie dann auch in sehr zufrieden stellender Weise getan. Zuerst war mir ja ihr Angebot ein bisschen peinlich. Wer möchte schon als Raffzahn gelten. Aber zehn Mark pro Tag sind zehn Mark. Mein Handy ist das reinste Groschengrab. Jeder muss schließlich sehen, wo er bleibt, wenn er im Leben zurechtkommen will. Deshalb bin ich dann auch sehr schnell auf ihren Vorschlag eingegangen. Omi hat gleich das Dollarzeichen in meinen Augen erkannt, mich angegrinst und gesagt: «Also, wir sind uns vollkommen einig. Du kannst ja mit dem Geld deinen Nachhilfeunterricht bezahlen.» Das war natürlich wieder echt gemein, aber dann hat sie gelacht, mir die Hand getätschelt und gesagt: «Kleiner Scherz. Aber unsere Abmachung bleibt lieber unter uns.» Mami konnte es gar nicht glauben, dass ich so bereitwillig ins Gästezimmer umzog, und Omi hat noch eins draufgesetzt und gesagt: «Du hast einen sehr vernünftigen Sohn. Man muss ihn nur richtig nehmen.»

Sofort fühlte sich Mami angegriffen. «Du hast gut reden. Du hast ihn ja nicht immer um dich.» Andererseits war sie stolz auf mich, dass ich so ein gutes Herz für Omi habe und an ihre Gesundheit denke. «Ja, ja, die Schale ist rau, aber der Kern ...»

Wie sagt Jens doch immer? «Mütter sind blind, die fressen Rost und Grind.» Seine bestimmt nicht. Die hat einen echten Knall. Stundenlang hängt sie im Fitness-Studio rum und sorgt sich mehr um ihre Muskeln als um Jens und seinen Vater. Oder sie befindet sich auf dem Meditationstrip und quatscht einen voll über irgendwas von der goldenen Blüte, was immer das sein mag.

Dass ich nun bald wieder bei Kasse bin, weil Omi kommt, muss ich ihm natürlich gleich mitteilen. Ich rufe ihn an. Er reagiert ganz neidisch. «Du hast vielleicht ein Glück. So eine Oma möcht ich auch mal haben.» Er hat nämlich seine dauernd an den Hacken. Mindestens einmal am Tag überfällt sie ihn mit einem Anruf, meist zur unmöglichsten Zeit, und jault ihm die Ohren voll, wie einsam sie ist, ach ja, ach ja, sie ist für jeden nur eine Last, am liebsten wäre sie tot. Bis sie ihn so weit hat, dass er sich auf sein Fahrrad schwingt und sie besucht. Aber kaum sitzt er bei ihr und erstickt fast an ihrem staubtrockenen Kuchen, da geht auch schon das Telefon, und ihre Kaffeeschwestern rufen an. Gleich ist er abgemeldet und muss sich stundenlang Omas Part in dem Klageduett über Krankheiten anhören. Aber da kann ich ihn trösten, denn darin ist auch Omi Meisterin. Anschaulich schildert sie uns jedes Mal, wen im Freundeskreis es wieder erwischt hat, grüner Star, Parkinson, Schlaganfall, Alzheimer, die ganze Palette. Bei ihren Horrorgeschichten überkommt selbst mich das Gefühl, die besten Jahre meines Lebens hinter mir zu haben. Mami besieht sich verstohlen ihre Hände, ob dort schon die ersten Gichtknoten zu sehen sind, und Papi fällt ein, dass er neuerdings oft so merkwürdige Stiche zwischen den Schulterblättern hat. Wahrscheinlich liegt der Herzinfarkt schon auf der Lauer. Das geht so lange, bis Mami wieder ihren flackrigen Blick bekommt und sagt: «Nun hör schon auf, Mutter. Können wir nicht mal von was Erfreulicherem reden als von Bandscheibenvorfall, bröselnden Kniescheiben, Diabetes und Krebs?»

Doch für Jens bleibt diese Wesensverwandtschaft zwischen den beiden Großmüttern nur ein schwacher Trost. Meine hat ja wenigstens noch die Spendierhosen an und redet nicht dauernd wie seine davon, was er einmal erben wird und dass alle hinter ihrem Geld her sind. Aber jetzt, wo sie noch lebt, mal ein paar Mark mit warmer Hand? Kein Gedanke! Höchstens mal 'ne Rolle Drops.

Es stimmt, von Geld redet Omi weniger. Stattdessen gern von den letzten Dingen des Lebens. Dafür sind zwei Koffer zuständig, der eine für jetzt, der andere für danach. Der Koffer für jetzt enthält alles Wichtige, was der Mensch so braucht, wenn er plötzlich ins Krankenhaus muss, Puschen, Morgen-

mantel und Patiententestament, außerdem die Arzt-
berichte und eine Liste der Medikamente, die sie
täglich in sich reinwirft. Im zweiten Koffer befinden
sich ihr Testament und andere wichtige Dokumente,
die, wie Mami meint, besser bei einem Notar aufgehoben wären. Aber das möchte Omi auf keinen Fall,
wo dauernd was zu ändern ist. Man kann sich ja
schließlich mal in Menschen irren. Die genaueste
Anweisung, wo und in welcher Form die Beerdigung
stattfinden soll, steht auch drin. Ihre Beerdigung ist
ihr sehr wichtig, was der Pastor sagen soll, damit er
nicht nur Blabla redet, und natürlich, wie die Anzeige auszusehen hat, nicht zu pompös, schlicht,
aber doch ins Auge fallend. Die Choräle stehen auch
fest und die Blumen, die auf den Sarg sollen. Den
Grabstein hat sie sogar aufgezeichnet, Inschrift und
alles. Man muss sich nun mal rechtzeitig um solche
Dinge kümmern.

Meine Beschreibung von Omis beiden Koffern
findet Jens nur halbwegs komisch. «Ist doch ganz
vernünftig, die Alte.» Und so wechsle ich das
Thema und erzähle ihm, wie sehr sich meine Oma
über seine Sprüche aus dem Internet amüsiert. Und
schon zitiere ich: «Der Bauer, der ist missgestimmt,
weil kleine Schweine Ferkel sind, doch nicht die
Frau die Sau alleine, auch die Verwandten alles
Schweine.» Da wird er ganz munter und will mir
unbedingt noch von einem Kettenbrief erzählen,
den er jetzt im Internet entdeckt hat. Leider kommt
Mami ins Zimmer und sagt: «Immer mit den Schu-

hen auf der Bettdecke! Und überhaupt, wie das hier wieder aussieht! In diesem Saustall soll nun Omi schlafen.»

«Was für ein Gewese», sage ich. «Omi ist das vollkommen egal.»

Mamis Blick bleibt auf dem Poster haften, dem mit dem Klo, aus dem zwei Hände ragen. «Ist ja grauenhaft.»

«Omi findet es außergewöhnlich.»

«Außergewöhnlich ist höchstens deine Unordnung.»

Jetzt erscheint auch noch Papi im Zimmer und mischt sich ein. «Deine Mutter hat Recht. Hier sieht's ja wirklich chaotisch aus. Wann wirst du endlich erwachsen? In deinem Alter war dein Großvater längst in der Lehre.»

«Ach nee», sage ich. «Ich denke, da war er schon Leutnant.»

Darüber müssen wir so lachen, dass wir fast das Telefon im Wohnzimmer überhören. Es ist Omi. Sie fährt jetzt los.

«Da bleibt mir noch 'ne Menge Zeit.»

Mami sieht das anders. «Du fängst jetzt sofort mit Aufräumen an, gleich, auf der Stelle!»

«Mein Gott, was bist du wieder autoritär», sage ich.

«Und vergiss nicht den Staubsauger! Wie das bei dir aussieht, kann man ja schon Gras auf dem Teppich säen. Ein Leben lang muss man hinter euch herräumen!»

«Papi», sage ich, «warum musstest du ausgerechnet diese Frau zu meiner Mutter machen?»

Er macht den Grinsemann. Aber ehe er eine Antwort geben kann, kommt Mami ihm zuvor. «Er hat gedacht, ich würde ihm ein Leben lang zu Füßen liegen und nie und nimmer auf die Idee kommen, von ihm zu verlangen, seine Schuhe selbst zu putzen, den Frühstückstisch abzuräumen oder den Mülleimer runterzubringen.»

Endlich verlassen sie mein Zimmer. Nun lasse ich meinen Blick über das wohl geordnete Chaos gleiten. Hauptsache ist doch, ich finde mich zurecht. Zum Beispiel die Schuhe auf dem Schreibtisch sind außerordentlich praktisch. So verschwende ich keine Zeit damit, unters Bett zu kucken oder im Schrank herumzuwühlen. Während ich Apfelsinen- und Apfelschalen und zerknautschtes Schokoladenpapier vom Teppich klaube, leuchtet mir unter dem Nachttisch etwas Grünliches entgegen. Ich ziehe es raus. Es ist eins von Omis total danebengeratenen Geschenken, ein T-Shirt, das längst in die Kleidersammlung gehört. Grottenhässlich. Ich musste anstandshalber auch noch damit in die Schule gehen. Prompt kam die mitleidige Frage von der Hawaii-hemden-Fraktion, welcher Scherzkeks mir denn dieses Geschenk angetan habe. Doch als die Frotzelei auf dem Schulhof weiterging, haben sich meine Kumpels gleich neben mich gestellt und drohend gefragt: «Is' was?» Sie konnten es sich hinterher aber doch nicht verkneifen, mir den Rat zu geben, dass ich dieses bescheuerte Ding lieber als Feudel benutzen sollte. Sobald Omi abgereist ist, kommt es weg. So ein armes, halb nacktes Negerkind in Afrika wird sich bestimmt rasend darüber freuen.

Aber bis auf diese kleinen Fehlgriffe ist Omi total in Ordnung. Für ihre achtzig Jahre ist sie noch super drauf. Allein ihr Talent, uns alle in Trab zu halten! Alle Augenblicke geht es: «Kannst du mal eben, nimmst du mal eben, fasst du mal eben mit an, hast du mal eben Zeit für mich?» Bis es Mami zu viel wird und sie sagt: «Wenn ich die Zeit für mal eben in einer Woche zusammenzähle, könnte man damit glatt nach New York und wieder zurück fliegen.» Plötzlich dreht sich der Wind und bläst Omi mit Sturmstärke ins Gesicht. Dann kriegt Mami ihre erzieherische Stimme – nicht umsonst hat sie ein paar Jahre als Lehrerin gearbeitet –, eine Stimme, bei der ich und Papi das Weite suchen. «Bitte, Mutter, gieß die Blumenkästen nicht! Die ganze Terrasse schwimmt ja. Bitte nimm nicht wieder diese gute Vase. Du hast sie schon beim letzten Mal fallen lassen.»

Omi versucht, sich zu wehren. «Wieso steht sie dann noch im Schrank, wenn sie kaputt ist?»

«Weil sie auf dein Bett gekippt ist. Alles war klitschnass. So gut dein Karamellpudding schmeckt, nimm bitte nicht diesen Topf dafür. Die Milch setzt zu sehr an. Das habe ich dir doch schon so oft erklärt. Nimm bitte nicht dieses Kissen für den Liegestuhl. Aus dem Seidenbezug geht dein Lippenstift nie mehr raus.» Sie drischt so lange auf Omi ein, bis die ganz verschreckt ist und «Es tut mir Leid» murmelt.

Papi und ich sehen uns an. Wir sind uns einig, es ist besser, das Kampffeld zu räumen. Als wir eine halbe Stunde später die Lage wieder vorsichtig peilen, hat sich der Pulverdampf verzogen. Mutter und Tochter sitzen einträchtig auf dem Sofa zusammen und kichern, über alte Fotos gebeugt.

Ja, mit Omi kommt Leben in die Bude. Und kochen tut sie wirklich prima, gibt Papi gern zu. Auch dass sie ihn so umtanzt, gefällt ihm und besonders der Satz: «Ehre, wem Ehre gebührt. Dem Ernährer gehört nun mal das beste Stück Fleisch und der bequemste Stuhl.»

Eine Einstellung, die Mami wieder in Rage bringt. «Was machst du nur für ein Gewese? Ich arbeite schließlich auch noch zwei Tage in der Woche.»

Was Papi bei Omis Besuch vor allem fürchtet, ist der Ärger mit dem Gartennachbarn, weil Omi es jedes Mal irgendwie schafft, beim Einbiegen seinen halben Gartenzaun mitzunehmen. Sie ist eine recht rasante Fahrerin, zu rasant, wie Papi findet, der aber auch nicht gerade der Erfinder der Langsamkeit ist.

In der ersten halben Stunde ist natürlich immer alles Friede, Freude, Eierkuchen. Mami und Papi wirken allerdings meist etwas nervös. «Erzähl doch mal, erzähl doch mal.» Thema Nummer eins ist meine große Schwester, die Saftschubse. Ich bin erst später dran, wenn ich das Zimmer verlassen habe. «Hat sie immer noch diesen ziemlich schrecklichen

Freund?», fragt Omi interessiert. Und dann geht es so sachte los. Erst mal nimmt sie Mami ins Visier. «Du siehst so verändert aus. Trägst du das Haar anders?»

Mami fährt sich nervös durch ihr Frischgeföntes. «Gefällt dir der Schnitt nicht?»

Omi macht ihr taktvolles Gesicht. «Doch, doch. Vielleicht ein bisschen kurz.»

Das finden Papi und ich zwar auch, aber was Mamis Haare betrifft, ist sie eigen. Da hält man besser die Klappe. Dann kommt die Wohnung dran. «Diese Tür da quietscht ja fürchterlich. Hat sie das schon immer getan? Der neue Sessel ist ja wirklich sehr bequem, aber das Todesurteil für jede Strumpfhose. Was ist denn mit den Gardinen im Wohnzimmer passiert? Sind die in der Reinigung eingegangen?»

Genervt macht Mami ihr den Vorschlag, ob es ihr nicht gut täte, sich ein bisschen hinzulegen. «Bitte kein Gewese um mein Alter», sagt Omi. «Ich bin topfit.»

Während ich Omis und Mamis Gespräch schon direkt im Ohr habe, wühle ich mich durch mein Zimmer, hänge Hunderte von Klamotten auf, stopfe den Schrank so voll, dass er sich kaum noch schließen lässt, hole mindestens fünfundneunzig ziemlich vergammelt aussehende Teller unter meinem Bett hervor und haue mit einer alten Unterhose überall den dicken Staub weg. Zufrieden blicke ich mich um. Ordentlicher geht's nun wirklich nicht. Omi wird staunen. Nur meine verspiegelte Zimmertür erregt jedes Mal wieder ihren Unwillen. Sie ist der Meinung, selbst eine Schönheitskönigin sieht darin aus wie ein welkes Blatt. Einerseits akzeptiert sie ja, dass sie achtzig ist. Aber deshalb muss einem ja nicht unbedingt eine Hundertjährige entgegenblicken. Das mit den Spiegeln sieht Mami übrigens genau so. Sie nimmt nur den Flurspiegel, weil sie meint, in dem sieht man wenigstens noch einigermaßen passabel aus. Ich finde meinen Spiegel klasse. Vor ein paar Jahren, als ich noch ein wilder, durch die Prärie streifender Indianer war und meine Familie mit lautem Kriegsgeschrei und meinem Tomahawk aus Pappmaché an den unmöglichsten Orten heimsuchte und zu Tode erschreckte, habe ich vor dem Spiegel oft wilde Kriegstänze eingeübt und mit einer selbst erfundenen Melodie Papis alte Spontisprüche gesungen. «Amis raus aus USA, Winnetou ist wieder da!» Jetzt hat mir Jens erklärt, dass Powerpoints enorm wichtig sind, und ich sitze nun auf der Suche danach häufig vor dem Spiegel und versuche, meinem Gesicht den passenden Ausdruck zu geben, mit dem ich meine Umwelt beeindrucken kann, allerdings bis jetzt mit wenig Erfolg.

«Was glotzt du eigentlich so eigenartig?», hat mich die Saftschubse neulich gefragt. Während Mami auf eine verhauene Klassenarbeit tippte, hatte ich mir eingebildet, Robert de Niros melancholischen Ausdruck, bevor er jemanden platt macht, voll getroffen zu haben.

Inzwischen ist schon wieder das Telefon gegangen. Omi hat den Führerschein vergessen und ist noch mal umgekehrt. Jetzt zickt im Wohnzimmer Mami mit Papi rum. Ihre Stimme ist nicht zu überhören. Wahrscheinlich will er noch mal weg, ein wichtiger Termin. Den hat er immer, wenn wir Besuch bekommen. Vor allem Mamis Freundinnen, alte Tanten und Schwiegermütter sind nicht so sein Bier. Resigniert gibt er nach. «Aber zum Friseur darf ich doch wenigstens noch?», bettelt er kleinlaut.

Omi hat ja einiges an uns auszusetzen. Aber das verblasst vor der wichtigsten Forderung: Der Schwiegersohn hat anwesend zu sein. Das gehört sich einfach so. Es ist ihr völlig unverständlich, warum das nicht möglich ist. Auch ich habe an Ort und Stelle zu sein. Allerdings ist ihr schleierhaft, warum ich meine Baseballmütze nicht absetze und sie mit dem Schirm nach hinten trage.

«Mir auch», sagt Mami. «Aber da kannst du nichts machen. Das ist eben cool. Nur nicht aus der Reihe tanzen.»

«Was heißt hier aus der Reihe tanzen?», frage ich maulig. «Jeder trägt sie so.»

«Wie ist es nur möglich?» Omi schüttelt den Kopf.

«Mutter, das verstehst du nicht», sagt Mami spöttisch. «Das ist in. Alle tun es.»

«Wenn ich das schon höre», sagt Omi. «Alle, jeder. Mein Enkelsohn ist nicht jeder.» Und zu mir gewandt: «Hast du das nötig? Du bist ein einmaliges, unverwechselbares Individuum auf dieser Erde.»

«Und wenn schon.» Ich gehe beleidigt zur Tür.

«Mach bloß nicht wieder die Musik so laut!», ruft Papi mir nach. «Das ewige Bumm-Bumm! Nicht zum Aushalten!»

Ehe ich ihn darauf aufmerksam machen kann, dass ich leider, leider mal wieder mein Zimmer an unseren Gast abgetreten habe und sich dort die Stereoanlage befindet, kommt mir Omi zu Hilfe. «Also, ich weiß nicht, was ihr wollt. Mir gefällt die Musik.»

Erstaunt setze ich mich wieder.

«Mich erinnert das an früher. Als ich nicht viel älter war als du, waren Paraden meine Leidenschaft. Diese Marschmusik, wunderbar. So elektrisierend. Und dann zum Schluss der große Zapfenstreich: ‹Ich bete an die Macht der Liebe›, da ging doch jedem das Herz auf.»

«Du», sage ich, «das einmalige, unverwechselbare Individuum auf dieser Erde, warst also auch wie jeder?»

Omi lacht vergnügt. «So ist es wahrscheinlich.»

Papi bekommt runde Augen. «Ich habe also eine Schwiegermutter, die fürs Militär schwärmt. Wer hätte das für möglich gehalten. Darauf wäre ich nie gekommen.»

«Sei nicht albern. Hat sich was mit Militär und mit großem Zapfenstreich. Alles nur aus Liebe», sagt Mami.

«Was hat denn das eine mit dem anderen zu tun?», will Papi wissen.

«Sehr viel», sagt Omi. «Er war Fahnenjunker-Unteroffizier und für mich die Männlichkeit schlechthin. Irgendwie sahen die Jungs ja früher besser aus. Die Uniform stand ihnen blendend.»

Papi kann es nicht glauben. «Es war Krieg. Hat dich denn das überhaupt nicht beeindruckt?»

«Sie war siebzehn», sagt Mami. «Gerade man nur ein paar Jährchen jünger als du und deine Adelheid.»

«Was denn für eine Adelheid?» Papi blickt sie völlig verständnislos an. «Keine Ahnung, von wem du sprichst.»

«Ich schon», sagt Mami. «Das war doch diese Rothaarige, die dich zum Sozialismus bekehrt hat. In einer Reihe mit den Kommilitonen, Arm in Arm mit ihr, bist du die Straßen entlanggestampft und hast ‹Ho Chi-Minh› gebrüllt und dich mit der Polizei herumgeprügelt.»

«Ich war eben politisch sehr interessiert, im Gegensatz zu dir, und habe mir ernsthafte Gedanken über die verkrustete Gesellschaft gemacht.»

«Ich nicht», sagt Omi treuherzig. «Mir war die Politik schnurz. Ich war einfach nur verliebt. Und die Liebe kümmert sich nun mal nicht um das Weltgeschehen, wenn sie einen überfällt. Und was den Krieg betrifft, ging es mir wahrscheinlich ein bisschen wie dir mit deinen Aktien. Du sagst doch immer, man soll sich nicht verrückt machen lassen und Vertrauen in die Wirtschaft haben. Und hinterher müssen wir uns dein Gejammer anhören. Zum Anfang habe ich den Krieg gar nicht richtig wahrgenommen. Als junger Mensch ist man eben fast ausschließlich mit sich selbst beschäftigt.» Sie seufzt tief: «Ja, ja, die Liebe», und wendet sich dann zu mir. «Du kannst sicher auch schon ein Wörtchen mitreden.»

«Kann er», sagt Mami und fängt gleich an, von Angelika zu erzählen. «Er hatte eine so reizende Freundin, hat sie ein paar Mal mitgebracht. Sie hat uns wirklich sehr gefallen.»

«Und was ist jetzt mit ihr?», fragt Omi.

Mir reicht es endgültig. «Ist das vielleicht hier ein Verhör oder was?», sage ich ziemlich pampig und verlasse das Zimmer. Angelika war wirklich nett, aber noch 'ne Mutter, das hält kein Mensch aus. Dauernd hat mir diese Kuschelmaus mit den Power-locken gesagt, was ich tun soll, Schularbeiten machen, pünktlich sein, bei den Partys nicht so viel trinken, mir mal wieder die Haare schneiden lassen, echt nervig. So ist es mit den Girls, flachst man mit ihnen ein bisschen rum, verbringt einen lustigen Abend in der Disko, dann stehen sie einem am nächsten Tag schon entweder auf der Matte oder rufen ununterbrochen an. Jens ist derselben Meinung und die anderen Kumpels auch.

Ich sehe auf die Uhr. Omi müsste jeden Augenblick da sein. Während ich mein Bettzeug ins Gast-zimmer bringe, geht wieder das Telefon. Omi ist im Stau stecken geblieben. Mami macht sich Sorgen, ihre Stimme klang so matt. «Wenn man über achtzig ist, sollte man besser nicht mehr Auto fahren.» Ich greife zum Handy. Vielleicht kann ich inzwischen noch mal kurz bei Jens reinkucken. Er kann mir von seinem neu entdeckten Kettenbrief erzählen. Der letzte war echt geil mit seiner Drohung: «Wenn du diesen Brief nicht in den nächsten fünf Minuten an sechstausend Leute weiterschickst, wirst du von einer einbeinigen Leichtmatrosin vergewaltigt und von einem Hochhaus in ein breites Güllefass gestoßen.» Doch Jens meldet sich nicht. Wahrscheinlich hockt er wieder bei seiner Großmutter. Das letzte Mal hatte sie sich mit Hilfe eines Buches selbst hypnotisiert, und er musste ihr ein Glas Wasser ins Gesicht schütten, damit sie wieder ansprechbar war. Behauptet er jedenfalls.

Eine halbe Stunde später trifft dann Omi endlich ein. Aber was da aus dem Wagen kriecht, hat wenig Ähnlichkeit mit ihr. Omi ist im Allgemeinen noch sehr behende, mit einer merkwürdigen Vorliebe für große Schlapphüte in allen Farben. Sie geben ihr etwas von einem hüpfenden Pilz, klein und rund, wie sie ist. Aber im Augenblick wirkt der Pilz, als wäre er einem Rasenmäher zu nahe gekommen. Sie schleicht förmlich durch den Garten. Dafür ist der Zaun des Nachbarn heil geblieben. Mami ist ganz besorgt. «Am besten, du legst dich gleich mal hin.» Diesmal verbittet sie sich nicht das Gewese mit ihrem Alter, sondern tut es tatsächlich. Ein wenig später rennt Mami bereits mit Pfefferminztee und Wärmflasche durch die Gegend.

In der Nacht ist plötzlich der Teufel los, Türen-schlagen, Gerenne. Mami ruft den Notarzt. Der ent-scheidet sich fürs Krankenhaus. Wer weiß, was bei so einem alten Menschen dahinter steckt. Omi weigert sich energisch. Krankenhaus bedeutet für sie Endsta-tion. Da könnte sie dem Arzt Dinge erzählen … Der packt ungerührt wieder seine Tasche. Schließlich ist sie still und lässt alles über sich ergehen. Der Kran-kenwagen ist im Nu zur Stelle. Sie wird hineinge-schoben. Mami setzt sich zu ihr, und dann geht es auch schon los. Papi und ich sehen ihnen nach.

«Es ist doch nichts Ernstes?», frage ich.

Papi zuckt die Achseln. «Schwer zu sagen.» Und als er mein erschrockenes Gesicht sieht, sagt er be-ruhigend: «Du weißt ja, deine Großmutter ist hart im Nehmen. Denk doch mal, wie sie hier die ganze Treppe runtergerollt ist. Nichts gebrochen, nicht mal die kleinste Verstauchung.»

Getröstet verziehe ich mich in mein Bett. Morgen schreiben wir eine wichtige Arbeit, aber gleich nach Schulschluss werde ich zu Omi fahren. Und das tue ich dann auch.

Die Sonne sticht, ich trete ordentlich in die Pe-dale. Auf dem riesigen Krankenhausgelände verlaufe ich mich prompt. Wen ich auch frage, keiner ist in der Lage, mir genau zu sagen, wo ich die Station finde, auf der Omi liegt. «Also, erst geradeaus, dann links, dann wieder rechts, dann noch mal links, dann wieder rechts.» Ich bin ganz verwirrt, das soll ein Mensch begreifen.

Endlich habe ich die Station gefunden und frage eine Schwester nach Omis Zimmernummer.

«Bist du sicher, dass sie bei uns liegt?», sagt sie und betrachtet stirnrunzelnd die Ampulle in ihrer Hand.

«Klar», sagt ihre Kollegin, die an uns vorbeihastet. «Sie muss dort hinten irgendwo liegen, 215, glaube ich. Das ist da ganz am Ende.» Und weg ist sie.

Ich laufe den Flur entlang, klopfe leise an und öffne die Tür. Die Vorhänge sind zugezogen, es herrscht Dämmerlicht. Nur ein Bett ist belegt. Ehe ich Omi richtig wahrnehmen kann, packt mich eine schwarze Hand und zieht mich unsanft aus dem Zimmer, ein Neger im weißen Kittel, anscheinend ein Arzt. Und diesen Menschen wollte ich mein T-Shirt schicken.

«Was machst du denn hier?», fragt er unwirsch.

«Meine Oma liegt dort drin», sage ich. «Ich bin ihr Enkelsohn.»

Er wird plötzlich ganz freundlich. «Komm mal mit, mein Junge.»

Wir gehen zu einer Sitzecke im Flur und lassen uns unter einer ziemlich kümmerlichen Palme nieder. Dann erfahre ich, dass meine Großmutter vor einer halben Stunde gestorben ist. Ein sanfter Tod. Meine Eltern habe man schon benachrichtigt.

«Willst du sie noch mal sehen?», fragt er teilnehmend.

Und was tue ich? Ich renne weg, den Flur entlang,

die Treppe runter, zu meinem Rad. Während ich in einem Affentempo nach Haus radle, rede ich die ganze Zeit mit mir selbst. Warum bin ich wie ein Baby abgehauen? Nicht mal einen Abschied habe ich meiner armen Omi gegönnt. Die Sonne blendet so, dass ich die Baseballmütze richtig drehe. Während mir die Tränen übers Gesicht laufen, schwöre ich mir, dass ich sie Omi zu Ehren nur noch so tragen werde, damit ich nicht alle und jeder bin. Und auch das grüne T-Shirt werde ich wieder anziehen. Denn ich bin und bleibe ein unverwechselbares Individuum. Ich werde Mami trösten und gemeinsam mit ihr ins Krankenhaus fahren, um von Omi Abschied zu nehmen. Das verspreche ich mir feierlich. Ich werde auch nie wieder ein Raffzahn sein.

Doch die Ausführung dieses löblichen Vorhabens scheint mir noch mal erspart zu bleiben. Als ich zu Hause ankomme, sitzt Omi quietschvergnügt im Wohnzimmer. Ich starre sie entgeistert an.

«Was ist mit dir, Junge?», fragt Mami. «Was kuckst du so komisch?»

«Ich dachte, ich dachte», stammle ich. «Ich dachte, Omi ist tot.»

Und dann erzähle ich, was ich gerade erlebt habe.

«Das falsche Zimmer», sagt Omi. «Ich war in 217.»

Erleichtert lasse ich mich auf einen Stuhl fallen.

«Wieder diese Mütze auf dem Kopf», tadelt Mami.

«Immerhin richtig rum», meint Omi.

Nachdem ich mich vom Schreck erholt habe, rufe ich natürlich sofort Jens an, um ihm alles zu berichten. Doch der Arme ist im totalen Stress. Seine Großmutter muss in Therapie. Die Polizei hat ihr den Führerschein weggenommen. Und ohne Auto ist das Leben nichts mehr wert, sagt sie.

Am nächsten Tag wache ich mit heißem Kopf auf. Eine Sommergrippe. Fast eine Woche muss ich im Bett liegen. Als ich wieder in die Schule kann, bleibe ich trotz allem meinem Vorsatz treu. Ich ziehe das grüne T-Shirt an und stolziere mit korrekt aufgesetzter Baseballmütze über den Schulhof. Leider ist die Wirkung null, und ich erfahre, Baseballmützen mit dem Schirm nach hinten sind mega-out wie ein toter Iltis mit Pommes oder mit einer englischen Taxe nach Paris fahren. Dafür kommt die Hawaii-hemden-Fraktion angeschlendert und bewundert mein T-Shirt. «Was hast'n da. Ist ja echt stark.» Jens kommt auf mich zugestürzt. Er muss mir unbedingt was erzählen. Seine Oma hat ihm tausend Mark geschenkt. «Stell dir vor, tausend Mark, einfach so!» Er findet keine Worte. Ich auch nicht. Tausend Mark! Auf dem Nachhauseweg komme ich ins Grübeln. Man kann machen, was man will, ein einmaliges, unverwechselbares Individuum zu werden, ist doch verdammt schwer. Aber eins ist sicher: Ich werde mein Versprechen, kein Raffzahn zu sein, halten. Tausend Mark, man fasst es nicht.

Zu Hause herrscht das totale Chaos. Omi muss überstürzt abreisen. Eine Freundin auf der Durchreise hat sich unerwartet bei ihr angesagt. Omi ist wie angefasst. «Seit zwanzig Jahren haben wir uns nicht gesehen, stell dir vor! Wo sind meine Schuhe? Kind, kannst du mal eben mit anfassen?»

Mami jagt mit Tüten durch die Gegend. Papi fährt Omis Auto schon mal auf die Straße, denn in ihrer Verfassung ist Nachbars Gartenzaun stark gefährdet. Omi saust dann auch nach einem hastigen Abschied mit einem solchen Affenzahn los, dass der Hund von gegenüber einen Tobsuchtsanfall bekommt. Und wir lassen uns völlig geschafft auf die nächsten Sitzgelegenheiten fallen. Wie ich da so sitze und vor mich hin starre, geht mir plötzlich auf, dass Omi in der Eile vergessen hat, mir mein Geld zu geben.

Ich glaube, ich bin doch lieber jeder und ein Raffzahn.

Das Ende vom Lied

Röschen war ein schwärmerischer Mensch und nahm alles, was ihr jeweiliger Abgott von sich gab, mit großem Enthusiasmus auf. Natürlich war die Enttäuschung groß, wenn sie feststellen musste, dass sie ihre Gefühle an einen Unwürdigen verschwendet hatte. Zunächst aber befolgte sie die Lehren ihres auserwählten Idols mit missionarischem Eifer, nicht immer zum Beifall ihrer Umgebung.

Ihr erster Schwarm war das Schulfräulein, eine freundliche, farblose Person mittleren Alters, die sich als Volksschullehrerin besondere Verdienste um die Schönschrift gemacht hatte. Unermüdlich übten die Erstklässler unter ihrer Anleitung: Rauf, runter, rauf und ein Pünktchen drauf. Vor allem aber hielt sie viel von Sauberkeit und Bewegung in frischer Luft. Deshalb jagte sie ihre Klasse in den Pausen bei Wind und Wetter über den Schulhof. Röschen, dieser menschliche Schwamm, befolgte gewissenhaft die ihr von der Lehrerin eingebläuten Regeln. Sie schrubbte sich alle Augenblicke die Hände, aber leider nicht nur ihre, sondern unerbittlich auch die ihrer Geschwister, und es gab deshalb viel Gezeter. Die Goldfische gerieten in Panik, sobald sich ihr Gesicht im trüben Wasser des Aquariums spiegelte. Sie fürchteten mit Recht, wieder ausquartiert zu werden, damit sich Röschen über ihr Zuhause hermachen konnte, während sie eine Ewigkeit in einer nur unzulänglich mit Wasser gefüllten Schüssel nach Luft schnappend abzuwarten hatten, bis sie in ihr Heim zurückkehren durften. Sogar der asthmatische Dackel, der sonst Kinder gern mochte, fühlte sich in Röschens Gegenwart äußerst unbehaglich und kroch, sobald er ihrer ansichtig wurde, unters Sofa. Denn Röschen hatte die Hundeleine in der Hand und bestimmte das Tempo.

Doch dann musste Röschen eines Tages feststellen, dass die Lehrerin selbst es nicht so sehr mit der Reinlichkeit hielt, Trauerränder an den Fingernägeln hatte und tagelang eine Bluse trug, die nach dem Waschzuber verlangte. Ein paar Jahre konnten Dackel, Goldfische und Geschwister aufatmen. Dann aber trat der junge Pastor in ihr Leben, bei dem sie Konfirmandenstunden bekam. Ihr aufmunternder Ruf am Sonntag Vormittag: «Beeilt euch, wir müssen los!» löste nicht gerade rasende Begeisterung aus.

«Wohin denn nu schon wieder?», fragte einer der Brüder mürrisch.

«Na, in die Kirche natürlich, du kleiner Idiot.» Röschen strich ihm nachsichtig und gütig übers Haar. Denn dank des jungen Pastors hatte es keiner so mit der Nächstenliebe wie Röschen. Eifrig lernte sie die Zehn Gebote. «Du sollst nicht begehren deines Nächsten Weib, Knecht, Magd, Vieh oder alles, was sein ist.» Sie sah ihren Vater mit einem Lehrerinnenblick an. «Papa, was ist das?»

«Lass mich bloß in Ruhe», brummte der Vater, der gerade jeden günstigen Augenblick nutzte, um die Frau seines Nachbarn zu hofieren.

Nur die Mutter lobte Röschens Strebsamkeit und warf ihrem Mann einen spöttischen Blick zu. «Es täte uns allen mal wieder ganz gut, an die Zehn Gebote zu denken.»

Der Pastor nutzte ihre glühende Verehrung weidlich aus. Er übertrug ihr lästige Botengänge, schickte sie mit frommen Traktätchen zu Siechen und Greisen und ließ sie den Altar schmücken. Dabei gehörte sie nicht gerade zu seinen Lieblingen. Ihr Übereifer reizte ihn eher, und er musste sich sehr zusammennehmen, um sie nicht gelegentlich anzufahren. Und dann, ausgerechnet während der Konfirmandenprüfung, konnte er sich eine spitze Bemerkung nicht verkneifen. Die erste von ihm aufgerufene Konfirmandin war Gerda, die sich bereits mit abgebrannten Streichhölzern die Augenbrauen nachzog und längst nicht mehr wie Röschen ein Leibchen trug. Wie man munkelte, hatte sie sogar schon einen Freund. Sie wurde nach dem Ersten Gebot gefragt, und die Antwort ließ auch nicht lange auf sich warten. «Ich bin dein Heinz, dein Gott, du sollst nicht andere Götter haben neben mir.»

Gerda sprach mit lauter, deutlicher Stimme. Durch die Gemeinde ging eine leichte Bewegung wie durch ein Roggenfeld bei einer plötzlichen Brise. Doch der junge Pastor verzog keine Miene und ging souverän über diesen Lapsus hinweg. Er wandte sich nun der Musterschülerin zu.

«Sag mir einen der Sprüche Salomons.»

Auch bei Röschen kam die Antwort blitzschnell. «Denn wo viel Weisheit ist, da ist viel Grämens, und wer viel lernt ...» Sie blieb stecken.

Der Pastor, der sich gern vor unangenehmen Dingen drückte und bei dem Versuch, sich wieder einmal herauszureden, gerade von seiner Frau angepfiffen worden war: «Deine Rede sei ja, ja, nein, nein», machte seiner ziemlich schlechten Laune darüber ausgerechnet vor dem Altar Luft und zischte, nur für Röschen verständlich: «Na, das brauchst du ja wenigstens nicht zu befürchten.» Dann wandte er sich der nächsten Konfirmandin zu.

Röschen wurde dunkelrot. Sie war fassungslos. Als sie später auch noch erfuhr, dass der Vertreter Gottes sich gern von den Gemeindemitgliedern mit leckeren Naturalien wie Enten und Gänsen verwöhnen ließ und deshalb bei den Feiern von Konfirmanden mit besonders freigiebigen Eltern, zu denen auch Gerdas gehörten, recht lange blieb, während die für Röschen eingeplante Zeit knapp für eine Tasse Kaffee reichte, fiel ihre stürmische Begeisterung für Kirche und Pastor in sich zusammen wie ein Hefeteig, den man im Durchzug hatte stehen lassen. Es gab schließlich auch noch andere lohnende Dinge, etwa besagten Heinz. Sie vergaß alle ihre guten Vorsätze und spannte ihn der faulen Gerda aus, die sich aber nicht weiter darüber aufregte, denn erstens war sie zu träge dazu, und zweitens gab es seit neuestem diesen netten Jagdpächter, dem sie im Auftrag der Mutter immer die Milch brachte. Er schenkte ihr jedes Mal eine Mark, fragte besorgt: «Ist dir auch nicht kalt? Du bist so dünn angezogen» und prüfte ihre nackten Beine, ob sie auch warm genug waren.

Doch Heinz war nur eine schnell vorübergehende Episode. Anders sah es schon mit dem Nationalsozialismus aus und dessen Lichtgestalt, dem Führer, ihrem neu entdeckten Idol. Auch hier konnte die Familie dem hingerissenen Röschen zunächst nicht so recht folgen.

«Wie kommst du denn auf den? Der ist ja nicht mal ein Deutscher», sagte der Vater, und Röschen erkannte, dass sie wohl noch eine Weile die Werbetrommel rühren musste. Anscheinend hatte sie Erfolg, denn nach und nach schwanden die Vorbehalte. Wenn sogar der olle Hindenburg mit ihm einverstanden war, dann musste ja an dem Mann was dran sein. So, wie es gewesen war, ging es ja nun wirklich nicht weiter.

Im Bund Deutscher Mädel avancierte Röschen schnell zur Führerin, wobei sich auch hier ihre Beliebtheit wegen ihres Tatendrangs zunächst in Grenzen hielt. Die ihr anvertrauten Mädchen fanden, man könne es auch übertreiben. Wer wollte schon immer nur auf Zack sein. Konnte man nicht einfach mal gemütlich in der Sonne liegen und Schlager wie «Meine Oma hat 'n Bandwurm, der gibt Pfötchen» vor sich hin summen? Schließlich wurde man zu Hause schon genug herumgejagt und jetzt hier auch noch. Dauernd musste man sich nützlich machen, für alte Leute einkaufen, Kräuter sammeln oder unter dem Motto «Unser Dorf soll schöner werden» die Dorfstraße mit einem unzulänglichen Besen stundenlang kehren. Röschen begriff schließlich, dass man hin und wieder auch die Zügel locker lassen musste. So ging sie mit ihren Mädeln häufig mal gemeinsam ins Kino oder in den Zirkus. In den Familien, wo das Geld knapp war, sorgte sie dafür, dass die Uniformen aus der Parteikasse gezahlt wurden. Und plötzlich fanden ihre Mädel es schick, endlich mal was Eigenes zu besitzen und nicht die alten Sachen von Geschwistern und Verwandten auftragen zu müssen. Auch trauten sich die Lehrer nicht mehr, einen so wie früher herumzukommandieren. Der Dienst für den Führer hatte immer Vorrang, da konnte die Großtante noch so meckern, dass man nicht zu ihrem Geburtstag erschienen war. Die Parole «Jugend soll durch Jugend geführt werden» fand große Zustimmung, obwohl der Dienst auch seine Schattenseiten hatte. Ewig diese langweilige politische Schulung und das endlose Spalierstehen für irgendein hohes Tier! Doch Röschen belohnte sie dafür mit etwas wirklich Phänomenalem: Sie nahm ihre Mädel mit zu einer Großkundgebung in der Reichshauptstadt. Da war vielleicht was los! Stunden hatte man, eingekeilt zwischen Tausenden von Volksgenossen, vor der Reichskanzlei gestanden und unermüdlich gerufen: «Nach Hause, nach Hause, nach Hause gehn wir nicht, bis dass der Führer spricht!» Was er denn schließlich mit abgehackten, bellenden Sätzen tat.

Der Schneidermeister, bei dem Röschen nun seit einem Jahr in die Lehre ging, zeigte sich recht zufrieden mit seinem anstelligen Lehrling. Sie fehlte zwar häufiger als andere, weil irgendeine Schulung rief, aber dafür brachte sie auch gute Aufträge rein. Die Partei nahm Röschens glühenden Eifer wohlwollend zur Kenntnis, die Parteigenossen bestellten jetzt ihre Uniformen ausschließlich bei ihm, und auch das Anfertigen von Hakenkreuzfahnen, die mehr und mehr gefragt waren, erwies sich als ein gutes Geschäft.

Keine Frage, es ging überall aufwärts. Arbeit gab es nun wieder in Hülle und Fülle, und Röschens Eltern überlegten sich, ob sie nicht mit staatlicher Unterstützung aus ihrer primitiven Kate in eines der neu erbauten Siedlungshäuschen umziehen sollten, wo es sogar ein Badezimmer mit fließendem Wasser gab. Nur Röschens jüngste Geschwister waren noch sehr rückständig. Bei Röschens Vorträgen über ihr herrliches Vaterland, den Führer und die Partei schliefen sie ein und verlangten weiterhin nach den Sagen von dem grimmigen Rübezahl oder dem bösen Wolf. Doch ihre Schwester, durch viele Schulungsabende pädagogisch gedrillt, ließ sich etwas einfallen, um ihr Interesse zu wecken. Sozusagen mit einem Fingerschnipp schuf sie die Erlebnisse der Mäusefamilie Nagerich, bei denen es ähnlich wie im deutschen Volk zuging. Mit Mäusen kannte sich jedermann in ihrer Familie aus und ganz besonders mit deutschen. Sie gehörten in die Stuben wie Holzwürmer, Mücken, Fliegen und Küchenschaben. Die Nagerichs wohnten in der Lehmwand, die das karge Wohnzimmer von der Kammer trennte, in der die Kinder schliefen. Und natürlich hatten sie einen Zugang zu dem kleinen Vorratskeller.

Röschens deutsche Mäuse hatten ebenso wie ihre deutschen Wirte eine Menge Schweres hinter sich. Sie hatten einen Krieg verloren und mussten dafür ihren Feinden immer noch Kriegsentschädigungen zahlen in Form von Käsebröckchen, Speckstückchen, Fettklümpchen und anderen wertvollen Nahrungsmitteln, während sie selbst mit knurrenden Mägen steinharten Tapetenkleister von den Wänden kratzten, aus dem Frau Nagerich eine Mehlsuppe zauberte. Nachts schliefen sie im Keller, dicht gedrängt, in einem piksigen ehemaligen Spatzennest und zitterten im Winter frierend vor sich hin. Die Lehmwand war ihnen von den Kindern verleidet worden, die dauernd dagegenklopften. Das geschah zwar in freundlicher Absicht, aber die deutschen Mäuse wussten das nicht und erschraken furchtbar. Die Nagerichs waren ordentliche, fleißige Leute.

Die Eltern duldeten nicht, dass die Kinder beim Essen schmatzten, schlürften oder sich mit ihren Pfoten auf dem Kopf herumkratzten. Auch war es ihnen streng verboten, allein durch die Gegend zu streifen wegen der großen Katze, die ihnen nach dem Leben trachtete. Natürlich gab es auch Gefahren für die kleinen Mäuse, Fallen zum Beispiel und den Sahnetopf mit seinem herrlichen Geruch. Frau Nagerich vergaß nie, das Geschwisterchen zu erwähnen, das beim Herumklettern auf dem Topf in die Sahne gefallen und ertrunken war.

So lebten die Nagerichs arm, aber rechtschaffen vor sich hin. Die Kinder überstanden Masern, Keuchhusten und Ziegenpeter und hofften auf bessere Zeiten. Ebenso wie die Menschen hofften sie nicht umsonst. Auch ihnen schickte die Vorsehung eine Lichtgestalt, einen Mäuseführer. Röschen tat sich ein bisschen schwer, einen passenden Namen für ihn zu finden. Adolf konnte sie ihn unmöglich nennen, denn mit dem Führer war es wie mit dem Zweiten Gebot: Du sollst den Namen deines Herrn, deines Gottes nicht unnützlich führen. Aber gegen «Dolfi», fand sie, war nichts einzuwenden. Sehr schnell genoss er bei den Mäusen ungeheure Beliebtheit, und er rief: «Gebt mir vier Jahre Zeit!», was allerdings, wie Röschen sich hinterher selbst eingestehen musste, für eine Maus verdammt lange war. Von nun an waren auch die deutschen Mäuse zuversichtlich. Ihr Dolfi würde es schon richten.

Mit jeder Geschichte wuchs das Interesse der Ge-

schwister an dem Ergehen der Nagerichs, die sich
neben den alltäglichen Dingen wie Futtersuche, Vor-
räte sammeln und Kinder in die Welt setzen mehr
und mehr damit beschäftigten, was ihnen der große
Dolfi vorkaute. Vor jeder Mahlzeit pressten sie die
Pfoten zusammen und sprachen das neue Tischgebet:
«Pfötchen falten, Köpfchen senken, und an unseren
Führer denken.» Und jedes Mäusekind gab sich
Mühe, so zu werden, wie sich ihr Dolfi eine deutsche
Maus wünschte: zäh wie Leder, hart wie Kruppstahl
und flink wie Windhunde – sehr zum Ärger der
Katze, die nicht nur sehr viel länger brauchte, um
eine von ihnen zu fangen, sondern auch noch ewig auf
ihr herumkauen musste. Natürlich ging es mit den
Nagerichs ebenso rasant aufwärts wie mit den deutschen Volksgenossen. Sie drängten sich nun nicht
mehr in dem engen Spatzennest zusammen, sondern
machten es sich in einer von Röschens Vater ausran-
gierten, durch ein Schweißband angenehm parfü-
mierten Schiebermütze so richtig behaglich.

Trotz ihrer großen Fantasie gingen Röschen allmählich die Einfälle aus, zumal ihre kleinen Zuhörer
großen Wert darauf legten, dass bei Wiederholungen
nichts weggelassen oder vergessen wurde. Daher begann sie, die Geschichten aufzuschreiben; dabei kam
ihr die vom Fräulein beigebrachte Schönschrift sehr
zugute.

Plötzlich gab es in dem interessanten Leben der
Nagerichs einen Stillstand. Röschen hatte sich verliebt und ihr Herz an einen Tischlergesellen verloren,

einen biederen Jungen, der trotz seiner Parteizugehörigkeit weniger von der Politik als von seinem Handwerk sprach und dass der Meister ihn nun wirklich mal was anderes machen lassen könnte als immer nur Särge tischlern.

«Was denn zum Beispiel?», wollte Röschen wissen.

Er zog sie an sich und begann, sie leicht im Nacken zu kraulen. «Zum Beispiel ein Ehebett für dich und mich.»

Ein Heiratsantrag! Röschen begriff auf der Stelle. Bei aller Liebe zum Führer, eine kirchliche Trauung musste es unbedingt sein, ganz in Weiß. Am Tag vor der Hochzeit stand sie in der elterlichen Küche und bügelte noch einmal das selbst geschneiderte Brautkleid mit einem Spirituseisen. Während sie sorgfältig Falte um Falte plättete, erzählte sie dem kleinsten Nachbarskind großherzig noch einmal eine Mäusegeschichte. Und was bot sich besser an, als die älteste Tochter der Nagerichs ebenfalls heiraten zu lassen. Die Hochzeitskutsche war die ehemalige Kautabaksdose von Röschens Opa und wurde von acht Kakerlaken gezogen.

Ihr faszinierter Zuhörer zog mit einem Plopp den Daumen aus dem Mund. «Kakerlaken», echote er mit wonnigem Schaudern.

Unter Glockengeläute führte der frisch getraute Ehemann Herrn Nagerichs Tochter in einem Brautkleid aus weißem Krepppapier nach der Trauung aus der Kirche. Röschen schwieg einen Augenblick und ließ das Bügeleisen gefährlich lange auf dem Kleid.

«He!», rief der Nachbarsjunge besorgt.

Sie sah ihn an, und ihre Augen schwammen in Tränen. «Mein glücklichster Tag», flüsterte sie.

Es sollte einer von den wenigen bleiben, denn die Vorsehung ging damit bei ihrer Generation äußerst sparsam um. Ein wie in jener Zeit durchaus übliches, kräftiges und gesundes Siebenmonatsbaby steigerte das Glück. Die Frauenschaftsführerin schenkte ihr ein Buch mit dem Titel: «Wie leiten wir das deutsche Kind?», in das sie sich, sooft sie Zeit hatte, vertiefte. Staunend las sie Sätze wie: «Aber wie jede Blume der Natur mit Selbstverständlichkeit das Recht genießt, die Wesenszüge ihrer Art zu entfalten, und der Gärtner sich nur müht, sie zur Höchstleistung ihrer Eigenart zu bringen, so muss dieses Naturrecht auch dem deutschen Kind gewährt sein, das in seiner rassischen Erbanlage und Eigenart so ganz anders ist als Kinder anderer Völker. Aus einer Esche oder Erle lässt sich eben keine Palme ziehen, aus einem Schneeglöckchen keine Knoblauchzwiebel.»

Leider blieb Röschen immer weniger Zeit, sich ganz dem deutschen Kind zu widmen. Der Krieg brach aus und wirbelte ihr Leben gründlich durcheinander. Ihre anfängliche Begeisterung wich mehr und mehr einem stoischen Sichfügen, aber noch war ihr Vertrauen – «Der Führer wird's schon richten» – ungebrochen. Sie freute sich an ihrem zweiten Kind, einem kleinen Mädchen, und runzelte bei jeder Kritik über hoch gestellte Persönlichkeiten nur ungläubig die Stirn. Doch nach zwei Jahren musste sogar sie einsehen, dass nichts mehr zum Besten stand und die Klage «Wenn das der Führer wüsste» kaum hilfreich war. Zwei ihrer Brüder waren gefallen und ihr Mann vermisst. Doch erst, als es kurz vor Kriegsende auch ihren Vater erwischte, ging ihr endlich ein Licht auf, was ihnen da eingebrockt worden war.

Der Krieg hatte sich bereits in ihrem Vaterland eingenistet, als ihr Vater plötzlich verhaftet wurde. Er hatte, als er erfuhr, dass am Stadtrand Panzergräben ausgehoben werden sollten, gerufen: «Das ist ja nun wirklich das Ende vom Lied!» und war sofort denunziert worden. Der Ausruf hätte auch fast auf seine Person zugetroffen, denn als er mehrere Wochen später wieder nach Hause kam, kannte ihn die Familie kaum wieder, so erbarmungswürdig sah er aus.

Längst war es Röschen nicht mehr gestattet, nur eine deutsche Mutter zu sein. Sie musste in einem Rüstungsbetrieb arbeiten, gleichermaßen zermürbt von der monotonen Tätigkeit und dem Krach, während die deutsche Großmutter sich um die Enkelkinder kümmerte. Um weiterhin über das aufregende Leben der Nagerichs zu berichten, blieb schon längst keine Zeit mehr. Sie waren höchstwahrscheinlich inzwischen ebenfalls von ihrem Dolfi im Stich gelassen worden, piepsten vor sich hin: «Es geht alles vorüber, es geht alles vorbei, erst geht der Führer, dann die Partei», und rannten kopflos durch die Gegend.

Doch irgendwann endet auch der größte Schrecken, und als alles vorüber war und Röschen und ihre Familie wieder einigermaßen Fuß gefasst hatten, kamen auch die Nagerichs wieder zu ihrem Recht, wenn auch mehr bei den jüngeren Neffen und Nichten als den eigenen Kindern, die es sich aber doch nicht nehmen ließen, hin und wieder gönnerhaft zuzuhören. Dafür entdeckte Röschen, die Schwärmerin, etwas ganz Neues für ihr Herz. Diesmal ging ihre Begeisterung in die entgegengesetzte Richtung. Sie wurde eine überzeugte Pazifistin und marschierte für Frieden und Völkerverständigung, wobei sie dasselbe rauschhafte Glücksgefühl verspürte wie in ihrer Jugend bei Kundgebungen und Aufmärschen. Sie bildete mit ihren Gesinnungsfreunden auf den Straßen Menschenketten, fror in späteren Jahren bei den Sitzblockaden vor amerikanischen Waffendepots tapfer vor sich hin und stellte bei den Ostermärschen betrübt fest, dass sie inzwischen in ein Alter gekommen war, wo sich die Arthrose bemerkbar machte.

Inzwischen waren auch die ersten Enkelkinder so weit, dass sie an den Nagerichs Gefallen fanden, die, wie es sich gehörte, jetzt auch den Müll trennten, davon Abstand nahmen, kostbares Holz zu benagen, und sorgsam kleine Fliegen daran hinderten, sich ein Spinnennetz als Landeplatz zu wählen. Gern zitierte Röschen dann die Ansprache eines berühmten Indianers, die er vor dem Weißen Haus gehalten hatte: «Jeder Teil dieser Erde ist meinem Volk heilig, jede glitzernde Tannennadel, jeder sandige Strand, jeder Nebel in den dunklen Wäldern, jede Lichtung, jedes summende Insekt», worauf bei den Enkelkindern ein allgemeines Gähnen anfing und sie riefen: «Bitte nicht wieder diese summenden Insekten!» Dafür wollten sie lieber wissen, wie man es fertig gebracht hatte, drei Millionen Büffel in einem Jahr abzumurksen. Röschens Stirn runzelte sich, und sie hätte die lieben Kleinen gern ein wenig durchgeschüttelt. Aber schließlich erkannte man einen Friedensfreund daran, dass er sich durch Geduld und Toleranz auszeichnete und nicht gleich losbrüllte, zumal, wenn eins der Enkelkinder ein Mischling war.

Doch irgendwann war das Ende des Liedes für sie auch bei der Friedensbewegung erreicht. Röschen lehnte die aggressiven Sprüche der jungen Leute ab und fand sie einfach vulgär. Einige von ihnen hüpften ja sogar nackt durch Parks und Wiesen. Außerdem ging es ihr auch diesmal mit einem von ihr sehr verehrten Pastor wie damals als Konfirmandin. Hingebungsvoll unterstützte sie ihn dort, wo die Gemeindearbeit für ihn eine rechte Last war, nämlich am Bett halb tauber Kranker, beim Verteilen von Traktätchen oder an den Ständen der kirchlichen Basare. Dann kam die schreckliche Ernüchterung. Er sollte, wie man munkelte, was mit einer Konfirmandin angefangen haben. Ihr Verständnis für den irrenden Bruder blieb in diesem Fall sehr begrenzt.

Glücklicherweise stand ein Ersatz bereit. Ihre Tochter und Schwiegertöchter hatten ihr etwas ganz

Neues nahe gebracht: Selbstverwirklichung. Dass sie diese in die Tat umsetzte, nahm man allerdings etwas missbilligend zur Kenntnis. In dem Alter? Schließlich gab es doch noch so viele andere Aufgaben für Großmütter innerhalb der Familie. Abende, an denen sie das Kreativitätstraining, die Frauengruppe und ihre Volkshochschulkurse in Töpfern und Glasmalerei von ihren Pflichten als Babysitter abhielten, waren schlimm genug. Aber ihre vielen Reisen brachten das Konzept der eigenen Selbstverwirklichung völlig durcheinander.

Die Nagerichs waren inzwischen sozusagen eingemottet worden. Die Tochter hatte die Geschichten abschreiben lassen, und nun standen sie hübsch eingebunden bei ihr im Bücherschrank, wo sie gelegentlich dieses oder jenes Familienmitglied hervorholte, um lächelnd der Vergangenheit zu gedenken.

Obwohl das erlebnishungrige Röschen, wie viele andere Pensionäre auch, immer auf Trab war und ihr kaum Zeit zum Nachdenken blieb, meldeten sich zunehmend die Erinnerungen an jene Jahre, in denen sie ebenso glücklich wie verzweifelt gewesen war. Auslöser war eine Gruppe sangesfreudiger Senioren, die sich zur Pflege des deutschen Volksliedes zusammengefunden hatten. Röschen schloss sich ihnen begeistert an, wenn der Chorleiter sie auch gelegentlich ermahnen musste, ihre jubelnde Stimme ein wenig zu dämpfen. So summte sie auch jetzt das gerade Eingeübte wieder vergnügt in ihrer Wohnung vor sich hin: «Mädel ruck, ruck, ruck an meine grüne

Seite, i hab di gar so lieb, i mag di leide», ein Lied, das sie auch mit ihren Jungmädeln eingeübt hatte, bis Hermann in ihr Leben trat und das Lied für sie Wirklichkeit wurde. Eine Zeitlang kam sie deshalb ihren Führerinnenpflichten nur sehr unvollkommen nach und trug statt Rock und Kletterweste lieber etwas Dünnes, Flatteriges, nachdem Hermann sie gefragt hatte, ob sie mit dieser Affenjacke auf die Welt gekommen sei.

Während sie die Wohnung aufräumte, träumte sie sich wieder in die Küche ihrer Eltern zurück und sah sich als Braut vor dem Plättbrett stehen, das Spirituseisen in der Hand, sorgsam ihr Brautkleid bügelnd und dem Nachbarssohn die Hochzeit der Mäusetochter Nagerich ausmalend. Der glücklichste Tag ihres Lebens! Ihre Augen wurden feucht. Doch als sie nach dem Taschentuch griff, um sich die Nase zu putzen, klingelte das Telefon. Es war ihre Tochter, die sich mal wieder Gedanken um Hermann machte, den Nachkömmling und das Nesthäkchen, das einzige wirkliche Sorgenkind, der, wie allgemein behauptet wurde, ihr, der Großmutter, wie aus dem Gesicht geschnitten war. Früher hatte er wegen seines Namens viel herumgemault – warum hieß er nicht wie seine Klassenkameraden Denis oder Pascal? Aber seit einiger Zeit war er direkt stolz darauf. Ein richtiger schöner deutscher Name! Er war ein leicht beeinflussbarer Junge, der seine Eltern mit seinen Eskapaden gehörig ins Schwitzen brachte und schon einiges auf dem Kerbholz hatte, einen

Fast-Schulverweis, flüchtigen Kontakt mit Drogen, die Benutzung eines Autos ohne Führerschein und andere für ein Mutterherz belastende Dinge. Eine Zeitlang hatte er einer Motorradgang angehört, mit der er, wie die Nachbarn munkelten, nachts waghalsige Rennen auf der Autobahn veranstaltet haben soll. Außerdem hatte er seit neuestem eine Tätowierung auf dem rechten Oberarm, eine Friedenstaube, die leider eher einem Adler glich. Doch in letzter Zeit war bei ihm eine Wandlung eingetreten. Er schien vernünftiger zu werden, jedenfalls hatte er ein festes Berufsziel, er wollte Tischler werden wie sein Großvater. Aber anscheinend war seine Mutter seinetwegen wieder einmal beunruhigt, wenn sie auch nicht recht mit der Sprache heraus wollte.

«Nun sag schon!», rief Röschen. «Was hat er denn nun schon wieder angestellt?»

«Nichts angestellt», sagte die Tochter mit jenem Röschen nur zu bekannten leicht beleidigten Unterton, wie man bei diesem Goldjungen überhaupt auf so einen Gedanken kommen konnte. «Nur, er begeistert sich für etwas, was ich doch für sehr gefährlich halte. Und Tischler will er nun auch nicht mehr werden. Aber ich denke, wir reden morgen ausführlich darüber. Du wolltest ja kommen. Ich muss jetzt weg.»

Und ehe Röschen nachbohren konnte, hatte sie bereits den Hörer aufgelegt.

Ziemlich besorgt machte sich Röschen am nächsten Tag auf den Weg. Das Wetter war schwül, und der Bus hatte Verspätung, so dass ihr die Sonne unangenehm auf den Kopf brannte. Als sie bei ihrer Tochter eintraf, fand sie nur Hermann vor.

«Hallo, Oma», sagte er und gab ihr einen Kuss. «Affenhitze heute, was? Mama ist noch einkaufen. Sie muss aber jeden Moment zurück sein.»

Sie gingen beide ins Wohnzimmer, wo zu ihrem Staunen auf dem Tisch das Buch mit den Nagerichs lag.

«Liest du die etwa?», fragte sie ebenso verwundert wie geschmeichelt.

Hermann lachte. «Ab und zu kuck ich mal rein. Richtig klasse, was du dir da ausgedacht hast.» Er warf sich aufs Sofa und blätterte darin herum. «Und weißt du, was ich besonders cool finde?»

Röschen dachte nach. «Wahrscheinlich die Friedensbewegung», sagte sie.

«Aber Oma.» Er schüttelte nachsichtig den Kopf. «Lass mich doch mit diesen Grasfressern zufrieden. Nein, diesen Dolfi, den Führer. Der ist super. Wie der seine Leute auf Trab bringt! Grottenstark, der Mann. So was bräuchten wir auch für unseren Verein. Ohne Zucht und Disziplin geht es nun mal nicht. Hier steht es deutlich: ‹Wenn einer von uns müde wird, der andre für ihn wacht.›» Er sah auf die Uhr. «Oma, ich muss los. Höchste Zeit, mich in meine Kluft zu werfen.»

In Röschens Kopf begann es zu wirbeln. Zucht, Dienst, Kluft? Nicht schon wieder! Man konnte im Leben machen, was man wollte, immer kriegte man den Wind von vorn. Die Bilder wechselten schneller, als man im Fernsehen die Programme durchzappen kann. Skinheads, Fahnen, Sieg-Heil-Rufe. Sie sah sich wieder vor der Reichskanzlei stehen und hörte sich rufen: «Lieber Führer, sei so nett, zeige dich am Fensterbrett!» Und jetzt der Junge! Der Anfang vom Lied. Ihr wurde schwindlig.

«Hermann!», rief sie.

Der Enkelsohn sah sie besorgt an. «Wie siehst du denn aus? Ganz blass! Am besten, du legst dich ein bisschen hin.» Und er half ihr aufs Sofa. «Oma, du machst uns doch nicht schlapp?»

«Nein, nein», sagte Röschen matt. «Aber was ist das für ein Verein? Und was für eine Kluft? Junge, mach uns keinen Kummer!» Sie ließ den Kopf auf das Sofakissen sinken und schloss die Augen.

«Aber Oma, was hast du denn? Ich bin bei der Feuerwehr, da ist was los, sage ich dir, da steppt der Papst im Kettenhemd!»

Löwe im Haus

Hereinspaziert, hereinspaziert! Ich bin ein altes Haus und hab Besucher gern. In jungen Jahren wurden sie mir allerdings oft zu viel, besonders im Sommer, wenn sie sich die Klinke in die Hand gaben. Dieses ewige Rein und Raus, dieses Gerenne treppauf, treppab. Und das Kindergetobe, wenn sie «Hänschen, piepe mal» spielten. Eins von ihnen wäre dabei fast in einer Truhe erstickt, ein Winzling, kaum des Laufens mächtig, aber von dem Gedanken beherrscht, Dabeisein ist alles. Rein zufällig wurde er vom Hausherrn entdeckt, der sein schwaches Klopfen hörte und mit dem erstaunten Ausruf: «Was für 'ne Mottenkugel bist du denn?» den zwischen Fußsäcken und Pelzdecken halb Erstickten hervorzog. Lang, lang ist's her.

Gehen Sie ruhig durch meine Räume und betrachten Sie alles ganz genau. Es lohnt sich. Sie werden etwas Ähnliches wie diese Einrichtung so schnell nicht wieder finden. Sozusagen Sperrmüll pur. Ein wirklich interessantes Sammelsurium aller Moden und Stilrichtungen. Bei mir gibt es Klotziges, Zierliches, Kantiges, Spinnenbeiniges, mit Ornamenten Verziertes und Schlichtes, ebenso gekonnt zusammengestellt und die Zimmer belebend wie ein bunter Blumenstrauß. Grübeln Sie nicht darüber nach, warum es so merkwürdig riecht. Die praktischen Ölöfen haben leider ein etwas penetrantes Aroma. Öffnen Sie die Fenster mit gebotener Vorsicht, die Scheiben sitzen locker. Doch Rahmen und Glas sind dafür so alt wie ich, mehr als hundert Jahre. Das Eingeritzte stammt noch von ungezogenen Kindern aus meiner Jugendzeit. Seien Sie vorsichtig mit der Treppe, die nach oben führt. Ihre ungleichen Stufen haben schon viele zu Fall gebracht. Nur ein Junge namens Berti hatte Glück, weil er auf eine vor ihm gestolperte wohlbeleibte Tante fiel und so außer einer Ohrfeige keinen weiteren Schaden davontrug.

Genießen Sie den Ausblick, den Ihnen die Mansardenzimmer bieten. Sehen Sie in den weiten Himmel, wo vielleicht gerade eine dunkle Wetterwand aufzieht und das Blau plötzlich bleiern wird, hören Sie, wie die Wasservögel auf dem See herumzetern, die Lerchen trillern und die Kiebitze über der Wiese kobolzen, atmen Sie die würzige Luft, erfüllt von dem Duft von Schilf, Sträuchern und blühendem Gras. Vielleicht werden Sie jetzt ganz plötzlich den Wunsch verspüren, sich hier für immer niederzulassen, wobei Sie allerdings vergessen, dass es lange Wintermonate gibt, in denen die Wolken fast bis aufs Dach hängen, die Regentonnen überfließen und man nur angetan mit dicken Socken und festem

Schuhwerk einigermaßen trockenen Fußes über den Hof kommt.

Erschrecken Sie bei Ihrem Rundgang nicht, wenn plötzlich, wie aus der Erde gewachsen, ein merkwürdig aussehendes Geschöpf vor Ihnen steht, mittelgroß, schlank, mit üppigem Haarschopf, abenteuerlich gekleidet, mit Farbe bekleckert, in einer Hand einen Pinsel, in der anderen eine Zigarette, ausgestattet mit einer riesigen Taucherbrille, so dass Sie vielleicht einen verwirrten Augenblick lang der Meinung sind, der Nöck sei aus dem See gestiegen, der der Sage nach dort sein Quartier hat. Doch diese Gestalt ist kein Fabelwesen. Sie kommt weder aus einem See noch von einem fremden Stern. Sie kommt aus Bayern und ist meine Altenpflegerin. Sie hat sich mit großer Energie meiner bemächtigt und ist meinen über Jahrzehnte erworbenen Gebrechen tatkräftig zu Leibe gerückt. Sie sorgt sozusagen für mein Outfit. Sie verputzt und malt, hobelt und nagelt, sägt und schleift, wobei die Geräusche, die sie dabei verursacht, mir durch Mark und Bein gehen. Nachts zieht sie sich diskret in den Keller zurück, um mich in meinen Träumen nicht zu stören. Sie erscheint stets in Begleitung eines kleinen weißen, zahnlosen Hundes, der es liebt, allein spazieren zu gehen. Wenn man ihn denn ließe. Sobald er am Dorfausgang auf die Kinder aus dem Ferienlager trifft, fangen sie ihn ein, klemmen ihn sich unter den Arm und bringen ihn in der irrtümlichen Annahme, er habe sich verlaufen, wieder nach Haus, wo er nach kurzer Verschnaufpause zu einem neuen Versuch startet.

Es kann auch passieren, dass, während Sie Haus und Hof besichtigen, eine alte Frau auftaucht, die emsig hin- und herwetzt, Büsche beschneidet, Äste auf einen Haufen trägt, Rasen mäht oder Blumen pflanzt. Die alte Frau ist mir sehr vertraut. Ich kenne sie noch als Kind mit spillerigen Zöpfen und zerkratzten Mückenstichen an den Beinen, wie sie Entengrütze aus den Gräben holte, mit ihrem Vater Bäume anzeichnete oder für ihren Liebling, ein ungeschlachtes schwarzes Ross, Hafer aus der Futterkiste klaute. Aus jener Zeit stammt auch das Bild von zwei pflügenden Bauern in der Küche und der stockige Spiegel im Flur, vor dem sie sich damals die Zöpfe flocht.

Vor Abschluss Ihrer Besichtigung möchte ich Sie auf das Badezimmer hinweisen, in dem zwei Plüschäffchen, eingeschlossen im Doppelfenster, verzweifelt ihre Nase an die Scheibe drücken. Rechnen Sie dort nicht mit Klopapier. Ein unbekanntes Tier scheint eine Vorliebe dafür zu haben. Meine Pflegerin ist ihm auf der Spur, hat es aber noch nicht entdecken können.

Nach Ihrem Rundgang ruhen Sie sich ein wenig aus, setzen Sie sich auf die Terrasse und hören Sie mir zu, was ich Ihnen zu erzählen habe. Denn das tue ich ebenso gern wie alte Menschen.

Ich bin in jener Zeit entstanden, als man noch «Heil dir im Siegerkranz» sang oder «Der Kaiser ist ein lieber Mann, er wohnet in Berlin, und wär es nicht so weit von hier, so ging ich heut noch hin» und den Sieg über die Franzosen in der Schlacht von Sedan feierte. Man trug auf dem Land Pantinen und nur an den Feiertagen Schuhe, Frostbeulen gehörten zum Winter, die meisten im Dorf besaßen nur eine Ziege und die gesamte Familie aß aus einem Topf. Als ich das Licht der Welt erblickte, näherte man sich mir bewundernd, sozusagen nur auf Zehenspitzen, denn ich war das prächtigste Haus im Dorf.

Meine ersten Bewohner waren ein Ehepaar, das in beschaulicher Ruhe nach dem Motto «Eile mit Weile» vor sich hin lebte, ordentliche, ruhige Leute mit einem Faible für Königshäuser, Sammeltassen, Zierdecken und Gehörne an den Wänden und dem gestickten Spruch über dem Kanapee in der guten Stube: «Wer fleißig ist in seinem Stand, den segnet Gott mit milder Hand.» Sie gingen mit den Hühnern ins Bett und standen nach dem Motto «Morgenstund hat Gold im Mund» wieder auf, um ihren Pflichten gewissenhaft nachzugehen, die Frau in Haus und Garten, mit Strickstrumpf und Stopfgarn an den Feierabenden, der Mann in seinem Revier, das ihm als Förster unterstand. Die Kinder knicksten ehrfürchtig vor ihm, manche noch den Geschmack des gewilderten Hasens im Mund, und Beeren- und Pilzesucher ließen schuldbewusst den Kopf sinken, wenn er sie ohne Sammelschein erwischte.

Nach ihnen zog der junge Erbe des Waldes mit

seiner Familie bei mir ein. Er wütete von früh bis spät, mit Beil und Handsäge bewaffnet, zwischen den Bäumen herum. Die Frau kam mit Möbeln, die für ein ganzes Dorf gereicht hätten. Was davon nicht gebraucht wurde, kam in die Scheune und musste sich von Hühnern, Enten und Gänsen bestaunen lassen. Mit diesem jungen Ehepaar kam Leben in die Bude und jede Menge Personal. Es war immer etwas los. Doch die junge Hausfrau hatte viel an mir auszusetzen. «In diesem Haus zieht's wirklich durch alle Ritzen, in diesem Haus friert man sich halb zu Tode, in diesem Haus knarrt jede Diele und jede Tür, in diesem Haus gibt's nicht mal ein Badezimmer!» Reisen war ihr höchstes Glück.

Anders der Mann. Er trennte sich nur schwer von mir, und jedes Mal, wenn er von einer Geschäftsreise zurückkam, sagte er: «Was bin ich froh, endlich wieder zu Haus zu sein.» Ebenso die Kinder, die es in den Internaten vor Heimweh kaum aushielten.

Es war die Zeit, wo es bei mir von Menschen nur so wimmelte. Die gute Stube des Försters wurde nun Salon genannt. Es gab ein Entree und ein Esszimmer, und aus einer Schüssel aß diese Familie auch nicht. Die älteren Gäste schwärmten von der himmlischen Ruhe. Die Jüngeren unter ihnen flüsterten sich hinter vorgehaltener Hand zu: «Wie halten die das hier bloß aus in diesem Kaff?» Dabei wurde doch jetzt, ganz anders als früher, die Nacht oft zum Tage gemacht, und die Petroleumlampen brannten bis Mitternacht, so dass die Holzwürmer sich in ihrem

Arbeitsrhythmus gestört fühlen und mich die langen Gespräche an lauen Sommerabenden auf der Terrasse vom Schlafen abhielten. Bei den Männern drehte es sich um Notstandsgesetze, Inflation, Holzpreise und Waldbrandgefahr, während die Frauen Themen bevorzugten, die die Verwandtschaft betrafen. Am liebsten sprach man von unglücklichen Romanzen. Wer wann wo mit wem gesehen worden und wo etwas, wie sie es nannten, im Busch war, welche Ehemänner vom Pfad der Tugend abwichen oder Pleite gegangen waren. Dazu spielte das Grammophon: «Was kann der Sigismund dafür, dass er so schön ist» oder «Armer Gigolo, schöner Gigolo». Dazwischen wuselte ein bärenhafter Hund, ein liebes Tier, aber ein Tolpatsch und Türenzerkratzer erster Güte.

Wenn es mal wieder Bindfäden regnete, so dass selbst der passionierteste Jäger keine Lust verspürte, auf die Pirsch zu gehen, und Spaziergänge im Mondschein im wahrsten Sinn des Wortes ins Wasser fielen, verbrachte man die Abende gern mit Gesellschaftsspielen, Hammer und Glocke, Rommé, Mensch-ärgere-dich-nicht oder Bridge. Gelegentlich schlug einer der häufigsten Besuche, die Tante mit dem schiefen Hals, deren geheimnisvolle Zwiesprache mit den Pflanzen tatsächlich jede im Blumentopf dahinkümmernde wieder zum Blühen brachte, vor, ob man sich nicht wieder zur Abwechslung mal mit den Geistern unterhalten wollte. Man stimmte begeistert zu und begann mit dem Glas-

und Tischrücken, das jedoch meist mit großem Gelächter endete.

Und was taten inzwischen die unschuldigen Kinder in ihren Betten? Sie flüsterten sich Dinge zu, von denen die ahnungslosen Eltern nichts wussten. Wie sie die kostbaren Rennpferde in der Koppel über die Hindernisse gejagt hatten, wie sie vom Fischer dabei erwischt worden waren, als sie seine Reusen leerten, und dass Werner, die dumme Nuss, auf der Suche nach Krähennestern vom Baum gestürzt war und sich nun fürchterlich mit angeblichen Kopfschmerzen anstellte, so dass seine überängstliche Mutter schon eine Hirnhautentzündung befürchtete, wie Herrmann sich im Schutze der Dunkelheit an das Zelt der Sommerfrischler am See herangepirscht hatte, aber über das, was er da gesehen hat, einfach unmöglich sprechen konnte.

Natürlich gab es in diesen Jahren auch die familienüblichen Missgeschicke: Kinderkrankheiten jeder Art, ein Brand in der Küche durch überhitztes Fett, ein Kugelblitz, der plötzlich im Esszimmer die Gäste umschwebte, und durchgehende Pferde, die den Wagen umkippen ließen.

Die Jahre vergingen so schnell wie die Sommer. Das Grammophon wurde durch einen Volksempfänger ersetzt, der allerdings oft stumm blieb, weil man vergessen hatte, den Akku rechtzeitig aufzuladen. Und die Gespräche an den Sommerabenden auf der Terrasse wurden nur noch mit gesenkter Stimme geführt. Ich spürte es in allen Balken: das Unheil, das schneller heraufzog als ein Gewitter über dem See. Der Zweite Weltkrieg begann. Bald hatte auch ich meine Verteidigung fürs Vaterland zu leisten. Meine Fenster wurden verdunkelt, um feindlichen Flugzeugen nicht den Weg in die Reichshauptstadt zu weisen. Die Gäste blieben aus, das Reisen war zu mühselig geworden. Einige von ihnen vermisste ich besonders, wie jenen gut aussehenden Herzensbrecher, für den sich sogar die Hausfrau die Haare ondulieren ließ, wenn er auf seinem Motorrad angebraust kam und Gänse und Hühner erschreckte. Sobald er seine Hand auf meine Klinke legte, fühlte auch ich ein sanftes Kribbeln.

In das Geräusch der Dreschmaschine und der Kreissäge mischte sich nun ein tiefes, unheimliches Brummen, und in den Nächten leuchtete der Horizont, als wäre die Sonne im Begriff aufzugehen. Nun ging es wieder bei mir zu wie in einem Taubenschlag. Erst kamen die Evakuierten aus den Städten, dann die Flüchtlinge. In mir rumorte es wie die Wackersteine im Bauch des bösen Wolfes, der es auf die sieben Geißlein abgesehen hatte. Der Krieg näherte sich mit großen Schritten. Meine Familie geriet in Hektik, packte Kisten und Koffer, die sie nachts nach draußen schleppte. Zum Schluss ließ man mich allein zurück. Ein unheimlich mahlendes Geräusch ließ meine Wände vor Angst schwitzen und erschütterte meine Grundmauern. Sogar die Mäuse rannten ängstlich piepsend durch die Zimmer. Doch die Panzer zogen ab, und danach wurde es still, totenstill. Bis plötzlich

wieder lärmendes Getobe ausbrach. Soldaten durch-
schnüffelten das Haus, durchwühlten Schränke und
Zimmer und hausten wie die Wildschweine im Hafer.
Ich geriet von dem heillosen Durcheinander, das sie
anrichteten, in Wut. Als einer von ihnen sich draußen
gegen meine Wand lehnte, kippte ich ihm das Wasser
aus meiner Dachrinne ins Genick. Da riss er sein
Maschinengewehr hoch und schoss mir den halben
Schornstein weg, so dass der übel riechende Rauch
aus der Küche, wo sie etwas Scheußliches brutzelten,
mir in der Kehle stecken blieb. Doch eines Tages waren sie auf einmal wieder verschwunden. Die Nachti-
gall sang, als sei nichts geschehen, der Flieder duftete,
und der Storch war immer noch auf der Suche nach
einem geeigneten Nest.

Ich wünschte mir nichts sehnlicher, als dass meine
Familie zurückkehrte, um Ordnung zu schaffen und
meinen Seelenfrieden wieder herzustellen, die Hühner zu verjagen, die mit neugierigem Gegluckse im
Haus herumliefen, und vor allem diese grässliche
Katze, im Augenblick meine einzige Bewohnerin.
Sie spielte sich wirklich mächtig auf, machte sich im
Bett der Eheleute breit, wetzte ihre Krallen überall
und räkelte sich in den aufgeschlitzten Kissen, wo sie
etwas Ekelerregendes verzehrte. Einmal schaffte ich
es, ihr mit der nur noch lose in den Angeln hängenden Haustür den Schwanz einzuklemmen, so dass sie
empörte Schreie ausstieß und, nachdem sie sich frei-
gestrampelt hatte, mit gesträubtem Fell wie ein Irr-
wisch durch die Zimmer tobte.

Fremde schnüffelten in den Zimmern herum und holten sich, was sie gebrauchen konnten. Eines Nachts erschien ein junger Mann. Er setzte sich auf die Treppe und brach in Tränen aus. Er schluchzte so laut, dass es selbst mir durch Keller und Dachboden ging. Sein großer Kummer erinnerte mich an die Mutter eines Jungen namens Willi, die vor vielen Jahren verzweifelt schluchzend zu meiner Familie gelaufen kam, als ihr Sohn von einem Baum erschlagen worden war. Schließlich verstummte der junge Mann und starrte lange vor sich hin. Dann holte er eine Pistole aus seinem Rucksack, setzte sie langsam an seine Schläfe und drückte ab. Zwei Tage lag er dort auf der Treppe, bis er entdeckt wurde.

An Gesellschaft blieben mir jetzt nur noch die Fledermäuse und das Käuzchen auf der Pappel im Garten, das aber mit seinem Pessimismus meine Stimmung auch nicht gerade verbesserte. So klapperten meine Fensterläden vor Erleichterung, als sich endlich wieder jemand blicken ließ und einzog, ein junges Ehepaar mit kleinen Kindern. Natürlich ging es jetzt nicht mehr so herrschaftlich zu wie früher. Aber es waren fleißige Leute, und sie plagten sich weidlich, das Feld zu bestellen und Hof und Garten in Ordnung zu halten. Die Nacht wurde nicht mehr zum Tage gemacht, und die Holzwürmer hatten ihre Ruhe. In den Gesprächen ging es um Plan und Soll und wie und wo man sich etwas organisieren könne. Doch es gab wieder richtige Kindersommer mit Besuchen der Verwandtschaft, Obstsäften und Badevergnügen, mit Sonnenbrand und Kaulquappen im Glas, mit Abzählreimen und Hüttenbauen. Aber die Kinder wurden, wie es mir vorkam, im Handumdrehen erwachsen. Sie gründeten eigene Familien und zogen fort. Zurück blieben die Alten. Es wurde wieder ruhig im Haus. Gelegentlich tauchte jetzt zu meiner Freude jemand von der alten Familie auf, übernachtete in dem einzigen Kinderzimmer und brachte Märchenhaftes mit: Bohnenkaffee, Schokolade, gute Seife, ja sogar Apfelsinen. Die hatte es in dieser Familie noch nie gegeben. Die Frau starb, und der Mann blieb allein zurück. Er hatte sich in ein Zimmer neben der Küche zurückgezogen, stand nachts oft auf, um sich einen Tee zu kochen und hielt Selbstgespräche. Als er schließlich in ein Altersheim zog, blieb ich wieder allein zurück.

Eine schreckliche Zeit der Ungewissheit begann. Wer wollte schon so ein heruntergekommenes Haus wie mich haben, mit undichtem Dach, herunterhängenden Tapeten, Verwahrlosung, wohin man kuckte, mit zerquollenen Fensterläden, die Stufen zum Eingang zerbröckelt, der Efeu erfroren, Scheune und Ställe leer und nur in den Ecken mit Gerümpel gefüllt! Statt Hühnern und Schafen gab es diese verdammte Katze, die jetzt im Hühnerstall mit ihren Jungen lebte. Der Garten verunkrautete, das Gras zwischen den Steinen wucherte, kein Leben mehr in den Zimmern. Nicht einmal die Mäuse zeigten sich interessiert. Sogar Fliegen gab es nur noch in totem Zustand auf den Fensterbrettern. Dazu kamen zwei lange, regenreiche Winter, die die Feuchtigkeit an den Wänden noch höher klettern ließen. Ein trauriges Dasein für ein anständiges Haus. Ich dachte jetzt öfter an den jungen Mann, der sich das Leben genommen hatte. Aber wie sollte ich mich umbringen? Ich war schließlich solide gebaut und dadurch zäher als die zäheste Katze.

Im Frühjahr kam dann endlich die Rettung. Es erschien die alte Frau mit Schwester und Kindern im Schlepptau. Sie tat, als hätte sie eine Goldmine entdeckt. Doch weder die Kinder noch die Schwester konnten ihre große Begeisterung teilen. Die Schwester war mir auch noch gut im Gedächtnis, ein quengeliges Mamakind, dem man es nie recht machen konnte. Nun nölte sie in bekannter Weise herum, in was für einem bedauernswerten Zustand ich sei, was das alles kosten werde und wer hier eigentlich später wohnen solle. Auch die Kinder der alten Frau konnten sich für den Gedanken, endlich ein eigenes Haus zu besitzen, nicht recht erwärmen. Und wenn schon eins, nicht gerade in dieser Gegend, wo sich Fuchs und Hase gute Nacht sagten, Heimat hin, Heimat her, auch wenn die Mutter noch so sehr davon schwärmte. Die Zimmer waren viel zu klein, zu verwinkelt, zu niedrig. Wenn man durch eine Tür ging, musste man ja den Kopf einziehen! Und nicht der kleinste Komfort. Dass es so was überhaupt noch gab, hatten sie nicht für möglich gehalten. Dieses winzige Dorf und die Straße in einem Zustand – eine Todesfalle für jedes Auto. Als sie

mich verließen, redeten sie immer noch beschwö-
rend auf die Mutter ein, und ich wusste, das war
mein Ende. Resigniert ließ ich ein paar Dachziegel
fallen. Es war nur noch eine Frage der Zeit, dass man
kurzen Prozess mit mir machen und die Abreißbirne
auf mich loslassen würde.

Ich sollte mich irren. Das Gegenteil war der Fall.
Es gab einen Neuanfang. Handwerker wuselten
durch die Räume, es wimmelte von jungen Leuten,
die mir mit ihren Radios die Ohren voll jaulten, aber
überall dort halfen, wo Not am Mann war, und die
Drecksarbeit leisteten. Das Resultat konnte sich sehen lassen. Es gab jetzt sogar zwei Badezimmer und
eine Wasserleitung.

Und dann war die Bahn frei für das Geschöpf mit
der Taucherbrille. Es rückte mir energisch auf die
Pelle. In Gesellschaft ihres kleinen weißen Hundes
machte sie sich über die Zimmer her. Tagaus, tagein
pusselte sie an mir herum. Sie füllte das Haus mit
Möbeln, nähte Gardinen, ließ einen ihrer Fingernä-
gel so lang wachsen, bis sie ihn als Schraubenzieher
benutzen konnte, und keifte mit den anderen herum,
wenn sie zu sorglos mit mir umgingen. Ich blühte
auf. Nur ihr vieles Rauchen ging mir ein wenig auf
den Putz.

Ich könnte jetzt also sehr zufrieden sein, wenn
nicht die langen Wintermonate wären, in denen sie
mich allein lassen, so dass ich vor lauter Trübsinn zu
schimmeln anfange. Aber in letzter Zeit gibt es wieder Hoffnung. Meine Altenpflegerin lässt sich jetzt

häufiger blicken. Ich bilde mir ein, dieses nöckartige Wesen hat mich mehr und mehr in ihr Herz geschlossen. Sie kommt, egal, wie das Wetter ist, und das Röhren des uralten Autos höre ich, ebenso wie früher das Schnauben der Pferde, lange bevor sie in den Hof einbiegt. Sie hält sich am liebsten in meinen vier Wänden auf. Selbst bei schönem Wetter verlässt sie mich so gut wie nie. Wahrscheinlich besitzt sie als Einzige die Gabe, die vergangenen Stimmen zu hören, die sich in den Wänden eingenistet haben und mir ihre Geschichten erzählen. Das ist ihr Unterhaltung genug. Neben ihr auf dem Sofa liegt der kleine weiße Hund. Seine mageren Pfoten zucken leise im Schlaf. Er ist schon recht gebrechlich. Sacht lasse ich etwas Putz in sein Fell rieseln und flüstere ihm zu: «Bleibt hier. Jeder Hund ist Löwe in seinem Haus.»